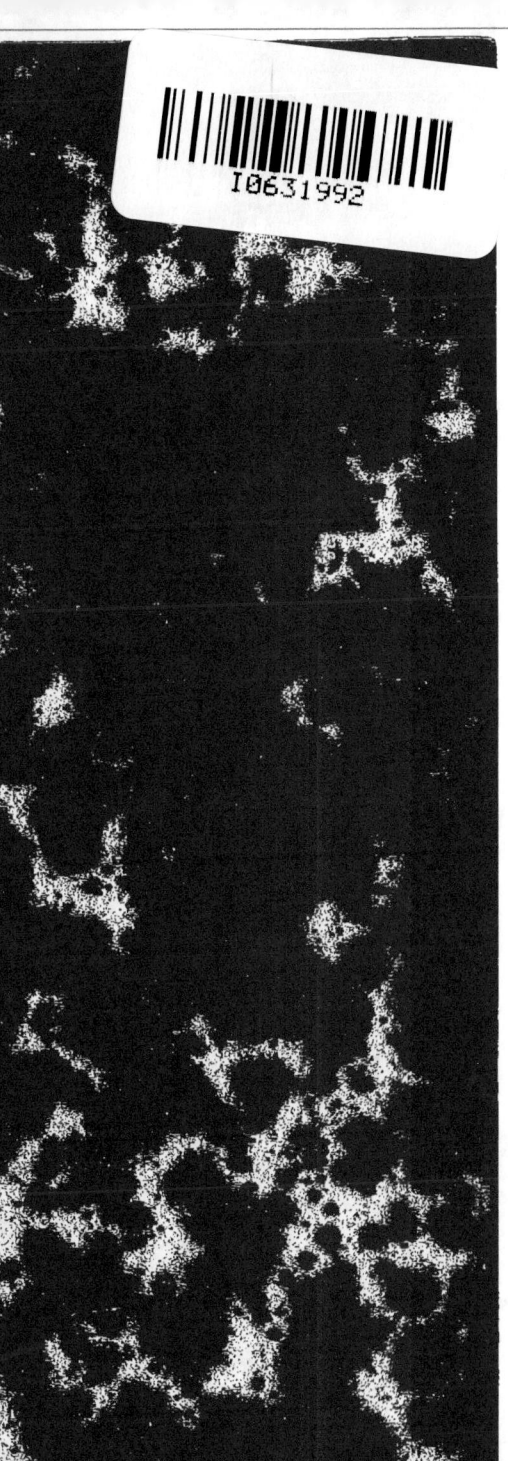

(C.)

CONSUELO.

NOUVEAUTÉS
RECEMMENT PUBLIÉES.

LA BAGUE ANTIQUE, par S. Henry Berthoud, 2 v. in-8.

LES SOUFFRANCES ET LES AMBITIONS DE GABRIEL RUSCONNETZ, par S. Henry Berthoud, 2 vol. in-8.

LA COUPE DE CORAIL, par madame Mélanie Waldor, 2 v. in-8.

UN LION AUX BAINS DE VICHY, par Touchard-Lafosse, 2 vol.

ANDALOUSIA, par Lottin de Laval, 2 vol. in-8.

HÉLÈNE DE POITIERS, par Touchard-Lafosse, 2 vol. in-8.

LE RÉMOULEUR, Roman historique inédit, par Touchard-Lafosse, 2 vol. in-8.

LES COMTES DE MONTGOMMERY, par Lottin de Laval, 2 v. in-8.

LE CABARET DE RAMPONEAU, par Amedée de Bast, 2 v. in-8.

CONSUELO, par madame George Sand, 6 v. in-8.

ANDRÉ LE VENDÉEN, par madame Mélanie Waldor, 2 vol. in-8.

LES TROIS ARISTOCRATIES, par Touchard-Lafosse, 2 v. in-8.

LES BRODEUSES DE LA REINE, par Ernest Alby, 2 vol. in-8.

LA REINE DES VOLEURS, par Jules David, 2 vol. in-8.

UNE CONSPIRATION D'OPÉRA, par Touchard-Lafosse, 2 v. in-8.

L'ÉCHELLE DE SOIE, par Hippolyte Lucas, 2 vol. in-8.

BERTHE FRÉMICOURT, par S. Henry Berthoud, 2 vol. in-8.

LE GRENADIER DE L'ILE D'ELBE, par Barginet de Grenoble, 2e édition, 2 vol. in-8.

FLEUR-D'ÉPÉE, par A. de Kermainguy, 2 vol. in-8.

LE DIAMANT DE LA VOUIVRE, par Louis Jousserandot, 2 v. in-8.

LE DUC DE BASSANO, souvenirs intimes de la révolution et de l'empire, recueillis et publiés par madame Charlotte de Sor, 2 v. in-8.

LE CAPITAINE SPARTACUS, par Paul Feval, 2 vol. in-8.

Lagny. — Imprimerie de Giroux et Viaiat.

CONSUELO

PAR

GEORGE SAND.

Tome Septième.

- - - ►►►►►⊃ ⊙⊂⊃⊙ ⊂◄◄◄◄◄ - - -

PARIS,

L. DE POTTER, LIBRAIRE-ÉDITEUR,

Acquéreur du Cabinet de lecture, Collection universelle des meilleurs romans modernes.
1500 volumes in-12. Prix : 1000 fr.
Rue Saint-Jacques, 38.

—

1843.

I

Consuelo ne raconta au Porpora que ce qu'il devait savoir des motifs de Marie-Thérèse dans l'espèce de disgrâce où elle venait de faire tomber notre héroïne. Le reste eût affligé, inquiété et irrité peut-être le Maestro contre Haydn sans remédier à rien. Consuelo

ne voulut pas dire non plus à son jeune ami
ce qu'elle taisait au Porpora. Elle méprisait
avec raison quelques vagues accusations
qu'elle savait bien avoir été forgées à l'impératrice par deux ou trois personnes enne-
mies, et qui n'avaient nullement circulé dans
le public. L'ambassadeur Corner, à qui elle
jugea utile de tout confier, la confirma dans
cette opinion ; et, pour éviter que la méchanceté ne s'emparât de ces semences de
calomnie, il arrangea sagement et généreusement les choses. Il décida le Porpora à de-
meurer dans son hôtel avec Consuelo, et
Haydn entra au service de l'ambassade et fut
admis à la table des secrétaires particuliers.
De cette manière le vieux Maestro échap-
pait aux soucis de la misère, Joseph conti-
nuait à rendre au Porpora quelques services
personnels, qui le mettaient à même de l'approcher souvent et de prendre ses leçons, et

Consuelo était à couvert des malignes imputations.

Malgré ces précautions, la Corilla fut engagée à la place de Consuelo au théâtre impérial. Consuelo n'avait pas su plaire à Marie-Thérèse. Cette grande reine, tout en s'amusant des intrigues de coulisses que Kaunitz et Métastase lui racontaient à moitié et toujours avec un esprit charmant, voulait jouer le rôle d'une Providence incarnée et couronnée au milieu de ces cabotins qui, devant elle, jouaient celui de pécheurs repentants et de démons convertis. On pense bien qu'au nombre de ces hypocrites, qui recevaient de petites pensions et de petits cadeaux pour leur soi-disant piété, ne se trouvaient ni Caffariello, ni Farinelli, ni la Tesi, ni madame Hasse, ni aucun de ces grands virtuoses que Vienne possédait alternativement, et à qui leur talent et leur célébrité

faisaient pardonner bien des choses. Mais les
emplois vulgaires étaient brigués par des
gens décidés à flatter la fantaisie dévote et
moralisante de Sa Majesté; et Sa Majesté,
qui portait dans tout son esprit d'intrigue politique, faisait du tripotage diplomatique à
propos du mariage ou de la conversion de
ses comédiens. On a pu lire dans les Mémoires de Favart (cet intéressant roman réel
qui se passa historiquement dans les coulisses) les difficultés qu'il éprouvait pour envoyer à Vienne des actrices et des chanteuses
d'opéra dont on lui avait confié la fourniture.
On les voulait à bon marché, et, de plus, sa-
ges comme des vestales. Je crois que ce spi-
rituel fournisseur breveté de Marie-Thérèse,
après avoir bien cherché à Paris, finit par
n'en pas trouver une seule; ce qui fait plus
d'honneur à la franchise qu'à la vertu de nos
filles d'opéra, comme on disait alors.

Ainsi Marie-Thérèse voulait donner à l'amusement qu'elle prenait à tout ceci un prétexte édifiant et digne de la majesté bienfaisante de son caractère. Les monarques posent toujours, et les grands monarques plus peut-être que tous les autres ; le Porpora le disait sans cesse, et il ne se trompait pas. La grande impératrice, zélée catholique, mère de famille exemplaire, n'avait aucune répugnance à causer avec une prostituée, à la catéchiser, à provoquer ses étranges confidences, afin d'avoir la gloire d'amener une Madeleine repentante aux pieds du Seigneur. Le trésor particulier de Sa Majesté, placé entre le vice et la contrition, rendait nombreux et infaillibles ces miracles de la grâce entre les mains de l'impératrice. Ainsi Corilla pleurante et prosternée, sinon en personne (je doute qu'elle pût rompre son farouche caractère à cette comédie), mais par procuration passée à M. de Launitz, qui se portait caution de sa vertu nouvelle, devait l'emporter infailliblement sur une petite fille décidée, fière et forte comme l'immaculée Consuelo. Marie-Thérèse n'aimait, dans ses protégés dramatiques, que les vertus dont elle pouvait se dire l'auteur. Les vertus qui s'étaient faites ou gardées elles-mêmes ne l'intéressaient pas beaucoup; elle n'y croyait pas comme sa propre vertu eût dû la porter à y croire. Enfin, l'attitude de Consuelo l'avait piquée; elle l'avait trouvée esprit fort et raisonneuse. C'était trop de présomption et d'outrecuidance de la part d'une petite bohémienne, que de vouloir être estimable et sage sans que l'impératrice s'en mêlât. Lorsque M. de Kaunitz, qui feignait d'être très impartial tout en desservant l'une au profit de l'autre, demanda à Sa Majesté si elle avait agréé la supplique de *cette petite*, Marie-Thérèse répondit : « Je n'ai pas été contente de ses principes ; ne me parlez plus d'elle. » Et tout fut dit. La voix, la figure et jusqu'au nom de la Porporina furent même complètement oubliés.

Un seul mot avait été nécessaire et en même temps péremptoire pour expliquer au Porpora la cause de la disgrâce où il se trouvait enveloppé. Consuelo avait été obligée de lui dire que sa position de demoiselle paraissait inadmissible à l'impératrice. — Et la Corilla ? s'était écrié le Porpora en apprenant l'admission de cette dernière, est-ce que Sa Majesté vient de la marier ? — Autant que j'ai pu le comprendre, ou le deviner dans les paroles de Sa Majesté, la Corilla passe ici pour veuve. — Oh ! trois fois veuve, dix fois, cent fois veuve, en effet ! disait le Porpora avec un rire amer. Mais que dira-t-on quand on saura ce qu'il en est, et quand on la verra procéder ici à de nouveaux et

innombrables veuvages? Et cet enfant dont
on m'a parlé, qu'elle vient de laisser auprès
de Vienne, chez un chanoine; cet enfant,
qu'elle voulait faire accepter au comte Zustiniani, et que le comte Zustiniani lui a con-
seillé de recommander à la tendresse paternelle d'Anzoleto? — Elle se moquera de tout
cela avec ses camarades; elle le racontera,
suivant sa coutume, dans des termes cyni-
ques, et rira, dans le secret de son alcôve,
du bon tour qu'elle a joué à l'impératrice.

— Mais si l'impératrice apprend la vérité?

— L'impératrice ne l'apprendra pas. Les
souverains sont entourés, je m'imagine, d'o-
reilles qui servent de portiques aux leurs
propres. Beaucoup de choses restent dehors,
et rien n'entre dans le sanctuaire de l'oreille
impériale que ce que les gardiens ont bien
voulu laisser passer.

— D'ailleurs, reprenait le Porpora, la Corilla aura toujours la ressource d'aller à confesse, et ce sera M. de Kaunitz qui sera chargé de faire observer la pénitence.

Le pauvre Maestro exhalait sa bile dans ces âcres plaisanteries ; mais il était profondément chagrin. Il perdait l'espoir de faire représenter l'opéra qu'il avait en portefeuille, d'autant plus qu'il l'avait écrit sur un libretto qui n'était pas de Métastase, et que Métastase avait le monopole de la poésie de cour. Il n'était pas sans quelque pressentiment du peu d'habileté que Consuelo avait mis à capter les bonnes grâces de la souveraine ; et il ne pouvait s'empêcher de lui en témoigner de l'humeur. Pour surcroît de malheur, l'ambassadeur de Venise avait eu l'imprudence, un jour qu'il le voyait enflammé de joie et d'orgueil pour le rapide développement que prenait entre ses mains l'intelli-

gence musicale de Joseph Haydn, de lui
apprendre toute la vérité sur ce jeune homme,
et de lui montrer ses jolis essais de compo-
sition instrumentale, qui commençaient à
circuler et à être remarqués chez les ama-
teurs. Le Maestro s'écria qu'il avait été trompé, et entra dans une fureur épouvantable.
Heureusement il ne soupçonna pas que Consuelo fût complice de cette ruse, et M. Corner, voyant l'orage qu'il avait provoqué, se
hâta de prévenir ses méfiances à cet égard
par un bon mensonge. Mais il ne put empêcher que Joseph fût banni pendant plusieurs
jours de la chambre du maître; et il fallut
tout l'ascendant que sa protection et ses
services lui donnaient sur ce dernier, pour
que l'élève rentrât en grâce. Porpora ne lui
en garda pas moins rancune pendant longtemps, et on dit même qu'il se plut à lui faire
acheter ses leçons par l'humiliation d'un ser-

vice de valet plus minutieux et plus prolongé
qu'il n'était nécessaire, puisque les laquais
de l'ambassadeur étaient à sa disposition.
Haydn ne se rebuta pas, et, à force de douceur, de patience et de dévouement, toujours
exhorté et encouragé par la bonne Consuelo,
toujours studieux et attentif à ses leçons, il
parvint à désarmer le rude professeur et à
recevoir de lui tout ce qu'il pouvait et voulait
s'assimiler.

Mais le génie de Haydn rêvait une route
différente de celle qu'on avait tentée jusque-
là, et le père futur de la symphonie confiait
à Consuelo ses idées sur la partition instrumentale développée dans des proportions
gigantesques. Ces proportions gigantesques,
qui nous paraissent si simples et si discrètes
aujourd'hui, pouvaient passer, il y a cent
ans, pour l'utopie d'un fou aussi bien que
pour la révélation d'une nouvelle ère ouverte

au génie. Joseph doutait encore de lui-même,
et ce n'était pas sans terreur qu'il confessait
bien bas à Consuelo l'ambition qui le tour-
mentait. Consuelo en fut aussi un peu effrayée
d'abord. Jusque-là, l'instrumentation n'avait
eu qu'un rôle secondaire, ou, lorsqu'elle s'iso-
lait de la voix humaine, elle agissait sans
moyens compliqués. Cependant il y avait
tant de calme et de douceur persévérante
chez son jeune confrère, il montrait dans
toute sa conduite, dans toutes ses opinions,
une modestie si réelle et une recherche si
froidement consciencieuse de la vérité, que
Consuelo, ne pouvant se décider à le croire
présomptueux, se décida à le croire sage et
à l'encourager dans ses projets. Ce fut à cette
époque que Haydn composa une sérénade à
trois instruments, qu'il alla exécuter avec
deux de ses amis sous les fenêtres des *dilet-
tanti* dont il voulait attirer l'attention sur ses

œuvres. Il commença par le Porpora, qui, sans savoir le nom de l'auteur ni celui des concertants, se mit à sa fenêtre, écouta avec plaisir et battit des mains sans réserve. Cette fois l'ambassadeur, qui écoutait aussi, et qui était dans le secret, se tint sur ses gardes, et ne trahit pas le jeune compositeur. Porpora ne voulait pas qu'en prenant ses leçons de chant on se laissât distraire par d'autres pensées.

A cette époque, le Porpora reçut une lettre de l'excellent contralto Hubert, son élève, celui qu'on appelait le Porporino, et qui était attaché au service de Frédéric le Grand. Cet artiste éminent n'était pas, comme les autres élèves du professeur, infatué de son propre mérite, au point d'oublier tout ce qu'il lui devait. Le Porporino avait reçu de lui un genre de talent qu'il n'avait jamais cherché à modifier, et qui lui avait toujours réussi :

c'était de chanter d'une manière large et
pure, sans créer d'ornements, et sans s'écarter des saines traditions de son maître. Il
était particulièrement admirable dans *l'ada-
gio*. Aussi le Porpora avait-il pour lui une
prédilection qu'il avait bien de la peine à cacher devant les admirateurs fanatiques de
Farinelli et Caffariello. Il convenait bien que
l'habileté, le brillant, la souplesse de ces
grands virtuoses, jetaient plus d'éclat, et devaient transporter plus soudainement un
auditoire avide de merveilleuses difficultés ;
mais il disait tout bas que son Porporino ne
sacrifiait jamais au mauvais goût, et qu'on
ne se lassait jamais de l'entendre, bien qu'il
chantât toujours de la même manière. Il
paraît que la Prusse ne s'en lassa point en
effet, car il y brilla pendant toute sa carrière
musicale, et y mourut fort vieux, après un
séjour de plus de quarante ans.

La lettre d'Hubert annonçait au Porpora
que sa musique était fort goûtée à Berlin,
et que s'il voulait venir l'y rejoindre, il se faisait fort de faire admettre et représenter ses
compositions nouvelles. Il l'engageait beaucoup à quitter Vienne, où les artistes étaient
en butte à de perpétuelles intrigues de cote-
rie, et à *recruter* pour la cour de Prusse une
cantatrice distinguée qui pût chanter avec
lui les opéras du Maestro. Il faisait un grand
éloge du goût éclairé de son roi, et de la
protection honorable qu'il accordait aux musiciens. « Si ce projet vous sourit, disait-il en
finissant sa lettre, répondez-moi promptement quelles sont vos prétentions, et d'ici à
trois mois, je vous réponds de vous faire
obtenir des conditions qui vous procureront
enfin une existence paisible. Quant à la
gloire, mon cher maître, il suffira que vous
écriviez pour que nous chantions de ma-

nière à vous faire apprécier, et j'espère que
le bruit en ira jusqu'à Dresde. »

Cette dernière phrase fit dresser les oreilles
au Porpora comme à un vieux cheval de bataille. C'était une allusion aux triomphes que
Hasse et ses chanteurs obtenaient à la cour
de Saxe. L'idée de contrebalancer l'éclat de
son rival dans le nord de la Germanie sourit
tellement au Maestro, et il éprouvait en ce
moment tant de dépit contre Vienne, les
Viennois et leur cour, qu'il répondit sans ba-
lancer au Porporino, l'autorisant à faire des
démarches pour lui à Berlin. Il lui traça son
ultimatum, et il le fit le plus modeste possible,
afin de ne pas échouer dans son espérance.
Il lui parla de la Porporina avec les plus
grands éloges, lui disant qu'elle était sa
sœur, et par l'éducation, et par le génie, et
par le cœur, comme elle l'était par le sur-
nom, et l'engagea à traiter de son engage-

ment dans les meilleures conditions possibles ; le tout sans consulter Consuelo, qui fut informée de cette nouvelle résolution après le départ de la lettre.

La pauvre enfant fut fort effrayée au seul nom de la Prusse, et celui du grand Frédéric lui donna le frisson. Depuis l'aventure du déserteur, elle ne se représentait plus ce monarque si vanté que comme un ogre et un vampire. Le Porpora la gronda beaucoup du peu de joie qu'elle montrait à l'idée de ce nouvel engagement ; et, comme elle ne pouvait pas lui raconter l'histoire de Karl et les prouesses de M. Mayer, elle baissa la tête et se laissa morigéner.

Lorsqu'elle y réfléchit cependant, elle trouva dans ce projet quelque soulagement à sa position : c'était un ajournement à sa rentrée au théâtre, puisque l'affaire pouvait échouer, et que, dans tous les cas, le Por-

porino demandait trois mois pour la conclure.
Jusque-là elle pouvait rêver à l'amour du
comte Albert, et trouver en elle-même la
forte résolution d'y répondre. Soit qu'elle en
vint à reconnaître la possibilité de s'unir à
lui, soit qu'elle se sentît incapable de s'y dé-
terminer, elle pouvait tenir avec honneur et
franchise l'engagement qu'elle avait pris d'y
songer sans distraction et sans contrainte.

Elle résolut d'attendre, pour annoncer ces
nouvelles aux hôtes de Riesenburg, que le
comte Christian répondît à sa première lettre ; mais cette réponse n'arrivait pas, et
Consuelo commençait à croire que le vieux
Rudolstadt avait renoncé à cette mésalliance,
et travaillait à y faire renoncer Albert, lorsqu'elle reçut furtivement de la main de Keller
une petite lettre ainsi conçue :

« Vous m'aviez promis de m'écrire ; vous
l'avez fait indirectement en confiant à mon

père les embarras de votre situation présente. Je vois que vous subissez un joug auquel je me ferais un crime de vous soustraire ; je vois que mon bon père est effrayé pour moi des conséquences de votre soumission au Porpora. Quant à moi, Consuelo, je ne suis effrayé de rien jusqu'à présent, parce que vous témoignez à mon père du regret et de l'effroi pour le parti qu'on vous engage à prendre ; ce m'est une preuve suffisante de l'intention où vous êtes de ne pas prononcer légèrement l'arrêt de mon éternel désespoir. Non, vous ne manquerez pas à votre parole, vous tâcherez de m'aimer ! Que m'importe où vous soyez, et ce qui vous occupe, et le rang que la gloire ou le préjugé vous feront parmi les hommes, et le temps, et les obstacles qui vous retiendront loin de moi, si j'espère et si vous me dites d'espérer ? Je souffre beaucoup, sans doute, mais je puis souffrir encore sans défaillir, tant que vous n'aurez pas éteint en moi l'étincelle de l'espérance.

« J'attends, je sais attendre ! Ne craignez pas de m'effrayer en prenant du temps pour me répondre.; ne m'écrivez pas sous l'impression d'une crainte ou d'une pitié auxquelles je ne veux devoir aucun ménagement. Pesez mon destin dans votre cœur et mon âme dans la vôtre, et quand le moment sera venu, quand vous serez sûre de vous-même, que vous soyez dans une cellule de religieuse ou sur les planches d'un théâtre, dites-moi de ne jamais vous importuner ou d'aller vous rejoindre... Je serai à vos pieds, ou je serai muet pour jamais, au gré de votre volonté.

« ALBERT. »

— O noble Albert ! s'écria Consuelo en portant ce papier à ses lèvres, je sens que je

t'aime ! Il serait impossible de ne pas t'aimer,
et je ne veux pas hésiter à te le dire ; je veux
récompenser par ma promesse la constance
et le dévouement de ton amour.

Elle se mit sur-le-champ à écrire ; mais la
voix du Porpora lui fit cacher à la hâte dans
son sein, et la lettre d'Albert, et la réponse
qu'elle avait commencée. De toute la journée elle ne retrouva pas un instant de loisir et de sécurité. Il semblait que le vieux
sournois eût deviné le désir qu'elle avait
d'être seule, et qu'il prît à tâche de s'y oppo-
ser. La nuit venue, Consuelo se sentit plus
calme, et comprit qu'une détermination
aussi grave demandait une plus longue
épreuve de ses propres émotions. Il ne fallait pas exposer Albert aux funestes conséquences d'un retour sur elle-même ; elle re-
lut cent fois la lettre du jeune comte, et vit
qu'il craignait également de sa part la dou-

leur d'un refus et la précipitation d'une promesse. Elle résolut de méditer sa réponse
pendant plusieurs jours; Albert lui-même
semblait l'exiger.

La vie que Consuelo menait alors à l'ambassade était fort douce et fort réglée. Pour
ne pas donner lieu à de méchantes suppositions, Corner eut la délicatesse de ne jamais
lui rendre de visites dans son appartement et
de ne jamais l'attirer, même en société du
Porpora, dans le sien. Il ne la rencontrait que
chez madame Wilhelmine, où il pouvait lui
parler sans la compromettre, et où elle chantait obligeamment en petit comité. Joseph
aussi fut admis à y faire de la musique. Caffariello y venait souvent, le comte Hoditz
quelquefois, et l'abbé Métastase rarement.
Tous trois déploraient que Consuelo eût
échoué, mais aucun d'eux n'avait eu le courage ou la persévérance de lutter pour elle.
Le Porpora s'en indignait et avait bien de

la peine à le cacher. Consuelo s'efforçait de
l'adoucir et de lui faire accepter les hommes
avec leurs travers et leurs faiblesses. Elle
l'excitait à travailler, et, grâce à elle, il re-
trouvait de temps à autre quelques lueurs
d'espoir et d'enthousiasme. Elle l'encoura-
geait seulement dans le dépit qui l'empêchait
de la mener dans le monde pour y faire entendre sa voix. Heureuse d'être oubliée de
ces grands qu'elle avait aperçus avec effroi
et répugnance, elle se livrait à de sérieuses
études, à de douces rêveries, cultivait l'a-
mitié devenue calme et sainte du bon Haydn,
et se disait chaque jour, en soignant son
vieux professeur, que la nature, si elle ne
l'avait pas faite pour une vie sans émotion et
sans mouvement, l'avait faite encore moins
pour les émotions de la vanité et l'activité de
l'ambition. Elle avait bien rêvé, elle rêvait
bien encore malgré elle, une existence plus

animée, des joies de cœur plus vives, des
plaisirs d'intelligence plus expansifs et plus
vastes; mais le monde de l'art qu'elle s'était
créé si pur, si sympathique et si noble, ne se
manifestant à ses regards que sous des dehors affreux, elle préférait une vie obscure
et retirée, des affections douces, et une solitude laborieuse.

Consuelo n'avait point de nouvelles réflexions à faire sur l'offre des Rudolstadt.
Elle ne pouvait concevoir aucun doute sur
leur générosité, sur la sainteté inaltérable de
l'amour du fils, sur la tendresse indulgente du
père. Ce n'était plus sa raison et sa conscience
qu'elle devait interroger. L'une et l'autre
parlaient pour Albert. Elle avait triomphé
cette fois sans effort du souvenir d'Anzoleto.
Une victoire sur l'amour donne de la force
pour toutes les autres. Elle ne craignait donc
plus la séduction, elle se sentait désormais à

l'abri de toute fascination..... Et, avec tout
cela, la passion ne parlait pas énergique-
ment pour Albert dans son âme. Il s'agissait encore et toujours d'interroger ce cœur
au fond duquel un calme mystérieux accueil-
lait l'idée d'un amour complet. Assise à sa
fenêtre, la naïve enfant regardait souvent
passer les jeunes gens de la ville. Étudiants
hardis, nobles seigneurs, artistes mélanco-
liques, fiers cavaliers, tous étaient l'objet
d'un examen chastement et sérieusement en-
fantin de sa part. « Voyons, se disait-elle,
mon cœur est-il fantasque et frivole? Suis-
je capable d'aimer soudainement, follement
et irrésistiblement à la première vue,
comme bon nombre de mes compagnes de
la *Scuola* s'en vantaient ou s'en confessaient
devant moi les unes aux autres? L'amour
est-il un magique éclair qui foudroie notre
être et qui nous détourne violemment de

nos affections jurées, ou de notre paisible
innocence? Y a-t-il chez ces hommes qui
lèvent les yeux quelquefois vers ma fenêtre
un regard qui me trouble et me fascine? Celui-ci, avec sa grande taille et sa démarche
orgueilleuse, me semble-t-il plus noble et
plus beau qu'Albert? Cet autre, avec ses
beaux cheveux et son costume élegant, ef-
face-t-il en moi l'image de mon fiancé? Enfin voudrais-je être la dame parée que je
vois passer là, dans sa calèche, avec un superbe monsieur qui tient son éventail et lui
présente ses gants? Quelque chose de tout
cela me fait-il trembler, rougir, palpiter ou
rêver? Non... non, en vérité! parle, mon
cœur, prononce-toi, je te consulte et je te
laisse courir. Je te connais à peine, hélas!
j'ai eu si peu le temps de m'occuper de toi
depuis que je suis née! je ne t'avais pas habitué à être contrarié. Je te livrais l'empire

de ma vie, sans examiner la prudence de
tes élans. On t'a brisé, mon pauvre cœur, et
à présent que la conscience t'a dompté, tu
n'oses plus vivre, tu ne sais plus répondre.
Parle donc, éveille-toi et choisis! Eh bien!
tu restes tranquille! et tu ne veux rien de
tout ce qui est là? — Non! — Tu ne veux
plus d'Anzoleto? — Encore non! — Alors,
c'est donc Albert que tu appelles? — Il me
semble que tu dis oui. » Et Consuelo se reti-
rait chaque jour de sa fenêtre, avec un frais
sourire sur les lèvres et un feu clair et doux
dans les yeux.

Au bout d'un mois, elle répondit à Albert,
à tête reposée, bien lentement et presque en
se tâtant le pouls à chaque lettre que tra-
çait sa plume :

« Je n'aime rien que vous, et je suis presque sûre que je vous aime. Maintenant laissez-moi rêver à la possibilité de notre union.

Rêvez-y vous-même; trouvons ensemble les moyens de n'affliger ni votre père, ni votre maître, et de ne point devenir égoïstes en devenant heureux.

Elle joignit à ce billet une courte lettre pour le comte Christian, dans laquelle elle lui disait la vie tranquille qu'elle menait, et lui annonçait le répit que les nouveaux projets du Porpora lui avaient laissé. Elle demandait qu'on cherchât et qu'on trouvât les moyens de désarmer le Porpora, et qu'on lui en fît part dans un mois. Un mois lui resterait encore pour y préparer le Maestro, avant le résultat de l'affaire entamée à Berlin.

Consuelo, ayant cacheté ces deux billets, les mit sur sa table, et s'endormit. Un calme délicieux était descendu dans son âme, et jamais, depuis longtemps, elle n'avait goûté un si profond et si agréable sommeil. Elle s'é-

veilla tard, et se leva à la hâte pour voir Keller, qui avait promis de revenir chercher sa
lettre à huit heures. Il en était neuf ; et,
tout en s'habillant en grande hâte, Consuelo
vit avec terreur que cette lettre n'était plus
à l'endroit où elle l'avait mise. Elle la chercha partout sans la trouver. Elle sortit pour
voir si Keller ne l'attendait pas dans l'antichambre. Ni Keller ni Joseph ne s'y trouvaient ; et comme elle rentrait chez elle pour
chercher encore, elle vit le Porpora approcher de sa chambre et la regarder d'un air
sévère.

— Que cherches-tu ? lui dit-il.

— Une feuille de musique que j'ai égarée.

— Tu mens : tu cherches une lettre.

— Maître...

— Tais-toi, Consuelo ; tu ne sais pas encore mentir : ne l'apprends pas.

— Maître, qu'as-tu fait de cette lettre ?

— Je l'ai remise à Keller.

— Et pourquoi... pourquoi la lui as-tu remise, maître?

— Parce qu'il venait la chercher. Tu le lui avais recommandé hier. Tu ne sais pas feindre, Consuelo, ou bien j'ai encore l'oreille plus fine que tu ne penses.

— Et enfin, dit Consuelo avec résolution, qu'as-tu fait de ma lettre?

— Je te l'ai dit; pourquoi me le demandes-tu encore? J'ai trouvé fort inconvenant qu'une jeune fille, honnête comme tu l'es, et comme je présume que tu veux l'être toujours, remît en secret des lettres à son perruquier. Pour empêcher cet homme de prendre une mauvaise idée de toi, je lui ai remis la lettre d'un air calme, et l'ai chargé de ta part de la faire partir.

Il ne croira pas, du moins, que tu caches à ton père adoptif un secret coupable.

— Maître, tu as raison, tu as bien fait... pardonne-moi !

— Je te pardonne, n'en parlons plus.

— Et... tu as lu ma lettre ? ajouta Consuelo d'un air craintif et caressant.

— Pour qui me prends-tu ! répondit le Porpora d'un air terrible.

— Pardonne-moi tout cela, dit Consuelo en pliant le genou devant lui et en essayant de prendre sa main ; laisse-moi t'ouvrir mon cœur...

— Pas un mot de plus ! répondit le maître en la repoussant ; et il entra dans sa chambre dont il ferma la porte sur lui avec fracas.

Consuelo espéra que, cette première bourrasque passée, elle pourrait l'apaiser et avoir avec lui une explication décisive. Elle se sentait la force de lui dire toute sa pensée,

et se flattait de hâter par là l'issue de ses
projets ; mais il se refusa à toute explication, et sa sévérité fut inébranlable et con-
stante sous ce rapport. Du reste, il lui té-
moigna autant d'amitié qu'à l'ordinaire, et
même, à partir de ce jour, il eut plus d'enjouement dans l'esprit, et de courage dans
l'âme. Consuelo en conçut un bon augure,
et attendit avec confiance la réponse de Riesenburg.

Le Porpora n'avait pas menti, il avait brûlé
les lettres de Consuelo sans les lire ; mais il
avait conservé l'enveloppe et y avait substi-
tué une lettre de lui-même pour le comte
Christian. Il crut par cette démarche courageuse avoir sauvé son élève, et préservé le
vieux Rudolstadt d'un sacrifice au dessus de
ses forces. Il crut avoir rempli envers lui
le devoir d'un ami fidèle, et envers Consuelo
celui d'un père énergique et sage. Il ne pré-

vit pas qu'il pouvait porter le coup de la
mort au comte Albert. Il le connaissait à
peine, il croyait que Consuelo avait exagéré ;
que ce jeune homme n'était ni si épris ni si
malade qu'elle se l'imaginait ; enfin il croyait
comme tous les vieillards, que l'amour a un
terme et que le chagrin ne tue personne.

2

Dans l'attente d'une réponse qu'elle ne devait pas recevoir, puisque le Porpora avait brûlé sa lettre, Consuelo continua le genre de vie studieux et calme qu'elle avait adopté. Sa présence attira chez la Wilhelmine quelques personnes fort distinguées qu'elle eut

grand plaisir à y rencontrer souvent, entre
autres, le baron Frédéric de Trenck, qui lui
inspirait une vraie sympathie. Il eut la délicatesse de ne point l'aborder, la première
fois qu'il la revit, comme une ancienne connaissance, mais de se faire présenter à elle,
après qu'elle eut chanté, comme un admira-
teur profondément touché de ce qu'il venait
d'entendre. En retrouvant ce beau et généreux jeune homme qui l'avait sauvée si bra-
vement de M. Mayer et de sa bande, le premier mouvement de Consuelo fut de lui tendre la main. Le baron, qui ne voulait pas
qu'elle fît d'imprudence par gratitude pour
lui, se hâta de prendre sa main respectueusement comme pour la reconduire à sa chaise,
et il la lui pressa doucement pour la remercier. Elle sut ensuite par Joseph, dont il prenait des leçons de musique, qu'il ne manquait
jamais de demander de ses nouvelles avec

intérêt, et de parler d'elle avec admiration ;
mais que, par un sentiment d'exquise discré-
tion, il ne lui avait jamais adressé la moindre question sur le motif de son déguisement, sur la cause de leur aventureux
voyage, et sur la nature des sentiments qu'ils
pouvaient avoir eus, ou avoir encore l'un
pour l'autre. « Je ne sais ce qu'il en pense,
ajouta Joseph ; mais je t'assure qu'il n'est
point de femme dont il parle avec plus d'estime et de respect qu'il ne fait de toi. — En
ce cas, ami, dit Consuelo, je t'autorise à lui
raconter toute notre histoire, et toute la
mienne, si tu veux, sans toutefois nommer la
famille de Rudolstadt. J'ai besoin d'être es-
timée sans réserve de cet homme à qui nous
devons la vie, et qui s'est conduit si noble-
ment avec moi sous tous les rapports. »

Quelques semaines après, M. de Trenck,
ayant à peine terminé sa mission à Vienne,

fut rappelé brusquement par Frédéric, et
vint un matin à l'ambassade pour dire adieu,
à la hâte, à M. Corner. Consuelo, en descendant l'escalier pour sortir, le rencontra sous
le péristyle. Comme ils s'y trouvaient seuls,
il vint à elle et prit sa main qu'il baisa tendrement. Permettez-moi, lui dit-il, de vous
exprimer pour la première, et peut-être pour
la dernière fois de ma vie, les sentiments dont
mon cœur est rempli pour vous; je n'avais
pas besoin que Beppo me racontât votre histoire pour être pénétré de vénération. Il y a
des physionomies qui ne trompent pas, et il
ne m'avait fallu qu'un coup-d'œil pour pres-
sentir et deviner en vous une grande intelligence et un grand cœur. Si j'avais su, à Passaw, que notre cher Joseph était si peu sur
ses gardes, je vous aurais protégée contre les
légèretés du comte Hoditz, que je ne pré-
voyais que trop, bien que j'eusse fait mon

possible pour lui faire comprendre qu'il s'a-
dressait fort mal, et qu'il allait se rendre ridicule. Au reste, ce bon Hoditz m'a raconté
lui-même comment vous vous êtes moquée
de lui, et il vous sait le meilleur gré du
monde de lui avoir gardé le secret; moi, je
n'oublierai jamais la romanesque aventure
qui m'a procuré le bonheur de vous connaître, et quand même je devrais la payer de
ma fortune et de mon avenir, je la compte-
rais encore parmi les plus beaux jours de ma
vie.

— Croyez-vous donc, monsieur le baron,
dit Consuelo, qu'elle puisse avoir de pareilles
suites?

— J'espère que non; et pourtant tout est
possible à la cour de Prusse.

— Vous me faites une grande peur de la
Prusse : savez-vous, monsieur le baron, qu'il
serait pourtant possible que j'eusse avant peu

le plaisir de vous y retrouver ? Il est question d'un engagement pour moi à Berlin.

— En vérité, s'écria Trenck, dont le visage s'éclaira d'une joie soudaine ; eh bien , Dieu fasse que ce projet se réalise ! Je puis vous être utile à Berlin, et vous devez compter sur moi comme sur un frère. Oui, j'ai pour vous l'affection d'un frère, Consuelo... et si j'avais été libre, je n'aurais peut-être pas su me défendre d'un sentiment plus vif encore... mais vous ne l'êtes pas non plus, et des liens sacrés, éternels... ne me permettent pas d'envier l'heureux gentilhomme qui sollicite votre main. Quel qu'il soit, madame, comptez qu'il trouvera en moi un ami s'il le désire, et, s'il a jamais besoin de moi, un champion contre les préjugés du monde... Hélas! moi aussi, Consuelo, j'ai dans ma vie une barrière terrible qui s'élève entre l'objet de mon amour et moi; mais ce-

lui qui vous aime est un homme, et il peut
abattre la barrière; tandis que la femme
que j'aime, et qui est d'un rang plus élevé que
moi, n'a ni le pouvoir, ni le droit, ni la
force, ni la liberté de me la faire fran-
chir.

— Je ne pourrai donc rien pour elle, ni
pour vous? dit Consuelo. Pour la première
fois je regrette l'impuissance de ma pauvre
condition.

— Qui sait? s'écria le baron avec feu;
vous pourrez peut-être plus que vous ne
pensez, sinon pour nous réunir, du moins
pour adoucir parfois l'horreur de notre séparation. Vous sentiriez-vous le courage de
braver quelques dangers pour nous?

— Avec autant de joie que vous avez ex-
posé votre vie pour me sauver.

— Eh bien, j'y compte. Souvenez-vous de
cette promesse, Consuelo. Peut-être sera-ce

à l'improviste que je vous la rappellerai...

— A quelque heure de ma vie que ce soit, je ne l'aurai point oubliée, répondit-elle en lui tendant la main.

— Eh bien, dit-il, donnez-moi un signe, un gage de peu de valeur, que je puisse vous représenter dans l'occasion ; car j'ai le pressentiment de grandes luttes qui m'attendent, et il peut se trouver des circonstances où ma signature, mon cachet même pourraient compromettre *elle* et vous !

— Voulez-vous le cahier de musique que j'allais porter chez quelqu'un de la part de mon maître ? Je m'en procurerai un autre, et je ferai à celui-ci une marque pour le reconnaître dans l'occasion.

— Pourquoi non ? Un cahier de musique est, en effet, ce qu'on peut le mieux envoyer sans éveiller les soupçons. Mais pour qu'il puisse me servir plusieurs fois, j'en détacherai les feuillets. Faites un signe à toutes les pages.

Consuelo, s'appuyant sur la rampe de l'escalier, traça le nom de Bertoni sur chaque feuillet du cahier. Le baron le roula et l'emporta, après avoir juré une éternelle amitié à notre héroïne.

A cette époque, madame Tesi tomba malade, et les représentations du théâtre impérial menacèrent d'être suspendues, car elle y avait les rôles les plus importants. La Corilla pouvait, à la rigueur, la remplacer. Elle avait un grand succès à la cour et à la ville. Sa beauté et sa coquetterie provocante tournaient la tête à tous ces bons seigneurs allemands, et on ne songeait pas à être difficile pour sa voix un peu éraillée, pour son jeu un peu épileptique. Tout était beau de la part d'une si belle personne ; ses épaules de neige filaient des sons admirables, ses

bras ronds et voluptueux chantaient toujours juste, et ses poses superbes enlevaient
d'emblée les traits les plus hasardés. Malgré
le purisme musical dont on se piquait là, on
y subissait, tout comme à Venise, la fascination du regard langoureux; et madame Corilla préparait, dans son boudoir, plusieurs
fortes têtes à l'enthousiasme et à l'entraînement de la représentation.

Elle se présenta donc hardiment pour
chanter, par intérim, les rôles de madame
Tesi ; mais l'embarras était de se faire
remplacer elle-même dans ceux qu'elle avait
chantés jusque-là. La voie flûtée de madame Holzbauer ne permettait pas qu'on y
songeât. Il fallait donc laisser arriver Consuelo, ou se contenter à peu de frais. Le
Porpora s'agitait comme un démon; Métastase, horriblement mécontent de la pronon-
ciation lombarde de Corilla, et indigné du

tapage qu'elle faisait pour effacer les autres
rôles (contrairement à l'esprit du poème, et
en dépit de la situation), ne cachait plus son
éloignement pour elle et sa sympathie pour
la consciencieuse et intelligente Porporina.
Caffariello, qui faisait la cour à madame Tesi
(laquelle madame Tesi détestait déjà cordia-
lement la Corilla pour avoir osé lui disputer
ses effets et le sceptre de la beauté), décla-
mait hardiment pour l'admission de Consuelo. Holzbauer, jaloux de soutenir l'honneur de sa direction, mais effrayé de l'ascendant que Porpora saurait bientôt prendre
s'il avait un pied seulement dans la coulisse,
ne savait où donner de la tête. La bonne
conduite de Consuelo lui avait concilié assez
de partisans pour qu'il fût difficile d'en imposer plus longtemps à l'impératrice. Par
suite de tous ces motifs, Consuelo reçut des

propositions. En les faisant mesquines, on espéra qu'elle les refuserait. Porpora les accepta d'emblée, et, comme de coutume, sans la consulter. Un beau matin, Consuelo se trouva engagée pour six représentations; et, sans pouvoir s'y soustraire, sans comprendre pourquoi après une attente de six semaines elle ne recevait aucune nouvelle des Rudolstadt, elle fut traînée par le Porpora à la répétition de l'*Antigone* de Métastase, musique de Hasse.

Consuelo avait déjà étudié son rôle avec le Porpora. Sans doute c'était une grande souffrance pour ce dernier d'avoir à lui enseigner la musique de son rival, du plus ingrat de ses élèves, de l'ennemi qu'il haïssait désormais le plus; mais, outre qu'il fallait en passer par là pour arriver à faire ouvrir la porte à ses propres compositions, le Porpora était un professeur trop consciencieux, une âme d'artiste trop probe pour ne ps mettre tous ses soins, tout son zèle à cette étude. Consuelo le secondait si généreusement, qu'il en était à la fois ravi et désolé. En dépit d'elle-même, la pauvre enfant trouvait Hasse magnifique, et son âme sentait bien plus de développement dans ces chants si tendres et si passionnés du *Sassone* que dans la grandeur un peu nue et un peu froide parfois de son propre maître. Habituée, en étudiant les autres grands maîtres avec lui, à s'abandonner à son propre enthousiasme, elle était forcée de se contenir, cette fois, en voyant la tristesse de son front et l'abattement de sa rêverie après la leçon. Lorsqu'elle entra en scène pour répéter avec Caffariello et la Corilla, quoiqu'elle sût fort bien sa partie, elle se sentit si émue qu'elle eut peine à ouvrir la

scène d'Ismène avec Bérénice, qui commence
par ces mots :

> « No; tutto, o Bérénice,
> « Tu non apri il tuo cor, etc. (1). »

A quoi Corilla répondit par ceux-ci :

> « . . . E ti par poco,
> « Quel che sai de' miei casi (2) ? »

En cet endroit, la Corilla fut interrompue
par un grand éclat de rire de Caffariello; et,
se tournant vers lui avec des yeux étince-
lants de colère : « Que trouvez-vous donc
là de si plaisant? lui demanda-t-elle. — Tu
l'as très bien dit, ma grosse Bérénice, répondit Caffariello en riant plus fort; on ne
pouvait pas le dire plus sincèrement. — Ce

---

(1) Non, Bérénice, tu n'ouvres pas ici franchement ton
cœur.

(2) Ce que tu sais de mes aventures te paraît-il donc
peu de chose?

sont les paroles qui vous amusent ? dit Holz-
baner, qui n'eût pas été fâché de redire à
Métastase les plaisanteries du sopraniste sur
ses vers. — Les paroles sont belles, répondit sèchement Caffariello, qui connaissait
bien le terrain; mais leur application en
cette circonstance est si parfaite, que je ne
puis m'empêcher d'en rire. » Et il se tint les
côtes, en redisant au Porpora :

> — E ti par poco,
> Quel che sai di *tanti* casi ?

La Corilla, voyant quelle critique san-
glante renfermait cette allusion à ses mœurs,
et tremblante de colère, de haine et de
crainte, faillit s'élancer sur Consuelo pour la
défigurer; mais la contenance de cette dernière était si douce et si calme, qu'elle ne
l'osa pas. D'ailleurs, le faible jour qui péné-
trait sur le théâtre venant à tomber sur le

visage de sa rivale, elle s'arrêta frappée de
vagues réminiscences et de terreurs étranges. Elle ne l'avait jamais vue au jour, ni de
près, à Venise. Au milieu des douleurs de l'en-
fantement, elle avait vu confusément le
petit Zingaro Bertoni s'empresser autour
d'elle, et elle n'avait rien compris à son dévouement. En ce moment, elle chercha à
rassembler ses souvenirs, et, n'y réussissant
pas, elle resta sous le coup d'une inquiétude
et d'un malaise qui la troublèrent durant
toute la répétition. La manière dont la Porporina chanta sa partie ne contribua pas
peu à augmenter sa méchante humeur, et
la présence du Porpora, son ancien maître,
qui, comme un juge sévère, l'écoutait en silence et d'un air presque méprisant, lui devint peu à peu un supplice véritable. M. Holz-
baüer ne fut pas moins mortifié lorsque le
Maestro déclara qu'il donnait les mouve-

ments tout de travers; et il fallut bien l'en
croire, car il avait assisté aux répétitions que
Hasse lui-même avait dirigées à Dresde,
lors de la première mise en scène de l'opéra.
Le besoin qu'on avait d'un bon conseil fit céder la mauvaise volonté et imposa silence au
dépit. Il conduisit toute la répétition, apprit
à chacun son devoir, et reprit même Caffariello, qui affecta d'écouter ses avis avec
respect pour leur donner plus de poids vis à
vis des autres. Caffariello n'était occupé
qu'à blesser la rivale impertinente de madame Tesi, et rien ne lui coûtait ce jour-là
pour s'en donner le plaisir, pas même un acte
de soumission et de modestie. C'est ainsi que,
chez les artistes comme chez les diplomates,
au théâtre comme dans le cabinet des souverains, les plus belles et les plus laides choses ont leurs causes cachées infiniment petites et frivoles.

En rentrant après la répétition, Consuelo
trouva Joseph tout rempli d'une joie mystérieuse; et quand ils purent se parler, elle
apprit de lui que le bon chanoine était arrivé à Vienne; que son premier soin avait
été de faire demander son cher Beppo, et de
lui donner un excellent déjeûner, tout en lui
faisant mille tendres questions sur son cher
Bertoni. Ils s'étaient déjà entendus sur les
moyens de nouer connaissance avec le Porpora, afin qu'on pût se voir en famille, hon-
nêtement et sans cachotteries. Dès le lendemain, le chanoine se fit présenter comme
un protecteur de Joseph Haydn, grand ad-
mirateur du Maestro, et sous le prétexte de
venir le remercier des leçons qu'il voulait
bien donner à son jeune ami. Consuelo eut
l'air de le saluer pour la première fois, et, le
soir, le Maestro et ses deux élèves dînèrent
amicalement chez le chanoine. A moins d'af-

ficher un stoïcisme dont les musiciens de ce temps-là, même les plus grands, ne se piquaient guère, il eût été difficile au Porpora de ne pas se prendre subitement d'affection pour ce brave chanoine qui avait une si bonne table et qui appréciait si bien ses ouvrages. On fit de la musique après dîner, et l'on se vit ensuite presque tous les jours.

Ce fut encore là un adoucissement à l'inquiétude que le silence d'Albert commençait à donner à Consuelo. Le chanoine était d'un esprit enjoué, chaste en même temps que libre, exquis à beaucoup d'égards, juste et éclairé sur beaucoup d'autres points. En somme, c'était un ami excellent et un homme parfaitement aimable. Sa société animait et fortifiait le Maestro ; l'humeur de celui-ci en devenait plus douce, et, partant, l'intérieur de Consuelo plus agréable.

Un jour qu'il n'y avait pas de répétition

(on était à l'avant-veille de la représentation d'*Antigono*), le Porpora étant allé à la
campagne avec un confrère, le chanoine
proposa à ses jeunes amis d'aller faire une
descente au prieuré pour surprendre ceux de
ses gens qu'il y avait laissés, et voir par lui-
même, en tombant sur eux comme une
bombe, si la jardinière soignait bien Angèle,
et si le jardinier ne négligeait pas le volkameria. La partie fut acceptée. La voiture du
chanoine fut bourrée de pâtés et de bouteil-
les (car on ne pouvait pas faire un voyage
de quatre lieues sans avoir quelque appétit),
et l'on arriva au bénéfice après avoir fait un
petit détour et laissé la voiture à quelque distance pour mieux ménager la surprise.

Le volkameria se portait à merveille; il
avait chaud, et ses racines étaient fraîches.
Sa floraison s'était épuisée au retour de la
froidure, mais ses jolies feuilles tombaient

sans langueur sur son tronc dégagé. La serre
était bien tenue, et les chrysanthèmes bleus
bravaient l'hiver et semblaient rire derrière
le vitrage. Angèle, suspendue au sein de la
nourrice, commençait à rire aussi, quand on
l'excitait par des minauderies; et le chanoine décréta fort sagement qu'il ne fallait
pas abuser de cette bonne disposition, parce
que le rire forcé, provoqué trop souvent
chez ces petites créatures, développait en
elles le tempérament nerveux mal à propos.

On en était là, on causait librement dans
la jolie maisonnette du jardinier; le chanoine, enveloppé dans sa douillette fourrée,
se chauffait les tibias devant un grand feu de
racines sèches et de pommes de pin; Joseph
jouait avec les beaux enfants de la belle jardinière, et Consuelo, assise au milieu de la
chambre, tenait Angèle dans ses bras et la

contemplait avec un mélange de tendresse
et de douleur. Il lui semblait que cet enfant
lui appartenait plus qu'à tout autre, et qu'une
mystérieuse fatalité attachait le sort de ce
petit être à son propre sort, lorsque la porte
s'ouvrit brusquement, et la Corilla se trouva
vis à vis d'elle, comme une apparition évo-
quée par sa rêverie mélancolique.

Pour la première fois depuis le jour de sa
délivrance, la Corilla avait senti sinon un
élan d'amour, du moins un accès de remords
maternel, et elle venait voir son enfant à la
dérobée. Elle savait que le chanoine habi-
tait Vienne; arrivée derrière lui, à une demi-heure de distance, et ne rencontrant pas
même les traces de sa voiture aux abords du
prieuré, puisqu'il avait fait un détour avant
que d'y entrer, elle pénétra furtivement par
les jardins, et sans voir personne, jusque
dans la maison où elle savait qu'Angèle était.

en nourrice; car elle n'avait pas laissé de
prendre quelques informations à ce sujet.
Elle avait beaucoup ri de l'embarras et de la
chrétienne résignation du chanoine; mais
elle ignorait la part que Consuelo avait eue à
l'aventure. Ce fut donc avec une surprise
mêlée d'épouvante et de consternation qu'elle
vit sa rivale en cet endroit; et, ne sachant
point, n'osant point deviner quel était l'enfant qu'elle berçait ainsi, elle faillit tourner
les talons et s'enfuir. Mais Consuelo, qui, par
un mouvement instinctif, avait serré l'enfant
contre son sein comme la perdrix cache ses
poussins sous son aile à l'approche du vau-
tour; Consuelo, qui était au théâtre, et qui,
le lendemain, pourrait présenter sous un
autre jour ce secret de la comédie que Corilla avait raconté jusqu'alors à sa manière;
Consuelo enfin, qui la regardait avec un
mélange d'effroi et d'indignation, la retint

clouée et comme fascinée au milieu de la
chambre.

Cependant la Corilla était une comédienne
trop consommée pour perdre longtemps l'esprit et la parole. Sa tactique était de prévenir une humiliation par une insulte ; et, pour
se mettre en voix, elle commença son rôle
par cette apostrophe, dite en dialecte vénitien, d'un ton leste et acerbe : — Eh ! par
Dieu ! ma pauvre Zingarella, cette maison
est-elle un dépôt d'enfants trouvés ? Y es-tu
venue aussi pour chercher ou pour déposer
le tien ? Je vois que nous courons mêmes
chances et que nous avons même fortune.
Sans doute nos deux enfants ont le même
père, car nos aventures datent de Venise et
de la même époque ; et j'ai vu avec compas-
sion pour toi que ce n'est pas pour te rejoindre, comme nous le pensions, que le bel Anzoleto nous a si brusquement plantés là au mi-

lieu de son engagement, à la saison dernière.

— Madame, répondit Consuelo pâle mais calme, si j'avais eu le malheur d'être aussi intime avec Anzoleto que vous l'avez été, et si j'avais eu, par suite de ce malheur, le bonheur d'être mère (car c'en est toujours un pour qui sait le sentir), mon enfant ne serait point ici.

— Ah! je comprends, reprit l'autre avec un feu sombre dans les yeux; il serait élevé à la villa Zustiniani. Tu aurais eu l'esprit qui m'a manqué pour persuader au cher comte que son honneur était engagé à le reconnaître. Mais tu n'as pas eu le malheur, à ce que tu prétends, d'être la maîtresse d'Anzoleto, et Zustiniani a eu le bonheur de ne pas te laisser de preuves de son amour. On dit que Joseph Haydn, l'élève de ton maître, t'a consolée de toutes tes infortunes, et sans doute l'enfant que tu berces...

— Est le vôtre, Mademoiselle, s'écria Joseph, qui comprenait très bien maintenant le
dialecte, et qui s'avança entre Consuelo et la
Corilla d'un air à faire reculer cette dernière.
C'est Joseph Haydn qui vous le certifie; car il
était présent quand vous l'avez mis au monde.

La figure de Joseph, que Corilla n'avait pas
revue depuis ce jour malencontreux, lui remit aussitôt en mémoire toutes les circonstances qu'elle cherchait vainement à se rappeler, et le Zingaro Bertoni lui apparut enfin
sous les véritables traits de la Zingarella Consuelo. Un cri de surprise lui échappa, et pendant un instant la honte et le dépit se dispu-
tèrent dans son sein. Mais bientôt le cynisme
lui revint au cœur et l'outrage à la bouche.

— En vérité, mes enfants, s'écria-t-elle d'un
air atrocement bénin, je ne vous remettais
pas. Vous étiez bien gentils tous les deux,
quand je vous rencontrai courant les aventu-

res, et la Consuelo était vraiment un joli
garçon sous son déguisement. C'est donc dans
cette sainte maison qu'elle a passé dévote-
ment son temps, entre le gros chanoine et le
petit Joseph, depuis un an qu'elle s'est sauvée
de Venise? Allons, Zingarella, ne t'inquiète
pas, mon enfant. Nous avons le secret l'une de
l'autre, et l'impératrice, qui veut tout savoir,
ne saura rien d'aucune de nous.

— A supposer que j'eusse un secret, répondit froidement Consuelo, il n'est entre
vos mains que d'aujourd'hui ; et j'étais en
possession du vôtre le jour où j'ai parlé pendant une heure avec l'impératrice, trois jours
avant la signature de votre engagement, Corilla !

— Et tu lui as dit du mal de moi? s'écria
Corilla en devenant rouge de colère.

— Si je lui avais dit ce que je sais de vous,
vous ne seriez point engagée. Si vous l'êtes,

c'est qu'apparemment je n'ai point voulu profiter de l'occasion.

— Et pourquoi ne l'as-tu pas fait? Il faut
que tu sois bien bête! reprit Corilla avec une
candeur de perversité admirable à voir.

Consuelo et Joseph ne purent s'empêcher
de sourire en se regardant; le sourire de Joseph était plein de mépris pour la Corilla;
celui de Consuelo était angélique et s'élevait
vers le ciel.

— Oui, Madame, répondit-elle avec une
douceur accablante, je suis telle que vous dites, et je m'en trouve fort bien.

— Pas trop bien, ma pauvre fille, puisque je
suis engagée et que tu ne l'as pas été! reprit
la Corilla ébranlée et un peu soucieuse; on
me l'avait dit, à Venise, que tu manquais
d'esprit, et que tu ne saurais jamais faire tes
affaires. C'est la seule chose vraie qu'Anzoleto
m'ait dite de toi. Mais qu'y faire? ce n'est pas

ma faute si tu es ainsi..... A ta place j'aurais
dit ce que je savais de la Corilla ; je me serais donnée pour une vierge, pour une sainte.
L'impératrice l'aurait cru : elle n'est pas
difficile à persuader... et j'aurais supplanté
toutes mes rivales. Mais tu ne l'as pas fait !...
c'est étrange, et je te plains de savoir si peu
mener ta barque.

Pour le coup, le mépris l'emporta sur l'indignation ; Consuelo et Joseph éclatèrent de
rire, et la Corilla, qui, en sentant ce qu'elle
appelait dans son esprit l'impuissance de sa
rivale, perdait cette amertume agressive dont
elle s'était armée d'abord, se mit à l'aise, tira
une chaise auprès du feu, et s'apprêta à continuer tranquillement la conversation, afin
de mieux sonder le fort et le faible de ses
adversaires. En cet instant elle se trouva face
à face avec le chanoine, qu'elle n'avait pas
encore aperçu, parce que celui-ci, guidé par

son instinct de prudence ecclésiastique, avait
fait signe à la robuste jardinière et à ses deux
enfants de se tenir devant lui jusqu'à ce qu'il
eût compris ce qui se passait.

3

Après l'insinuation qu'elle avait lancée quelques minutes auparavant sur les relations de Consuelo avec le gros chanoine, l'aspect de ce dernier produisit un peu sur Corilla l'effet de la tête de Méduse. Mais elle se rassura en pensant qu'elle avait parlé

vénitien, et elle le salua en allemand avec ce
mélange d'embarras et d'effronterie qui ca-
ractérise le regard et la physionomie particulière de la femme de mauvaise vie. Le chanoine, ordinairement si poli et si gracieux
dans son hospitalité, ne se leva pourtant
point et ne lui rendit même pas son salut.
Corilla, qui s'était bien informée de lui à
Vienne, avait ouï dire à tout le monde qu'il
était excessivement bien élevé, grand amateur de musique, et incapable de sermonner
pédantesquement une femme, une cantatrice
surtout. Elle s'était promis de l'aller voir et
de le fasciner pour l'empêcher de parler
contre elle. Mais si elle avait dans ces sortes
d'affaires le genre d'esprit qui manquait à
Consuelo, elle avait aussi cette nonchalance
et c c décousu d'habitudes qui tiennent au
désordre, à la paresse, et, quoique ceci ne
paraisse pas venir à propos, à la malpro-

preté. Toutes ces pauvretés s'enchaînent dans la vie des organisations grossières. La mollesse du corps et de l'âme rendent impuissants les effets de l'intrigue, et Corilla, qui avait l'instinct de toutes les perfidies, avait rarement l'énergie de les mener à bien. Elle avait donc remis d'un jour à l'autre sa visite au chanoine, et quand elle le trouva si froid et si sévère, elle commença à se déconcerter visiblement.

Alors, cherchant par un trait d'audace à se remettre en scène, elle dit à Consuelo, qui tenait toujours Angèle dans ses bras : « Eh bien, toi, pourquoi ne me laisses-tu embrasser ma fille, et la déposer aux pieds de monsieur le chanoine, pour... »

— *Dame Corilla*, dit le chanoine du même ton sec et froidement railleur dont il disait autrefois *dame Brigide*, faites-moi le plaisir de laisser cet enfant tranquille ; et, s'expri-

mant en italien avec beaucoup d'élégance,
quoique avec une lenteur un peu trop ac-
centuée, il continua ainsi sans ôter son bonnet de dessus ses oreilles : « Depuis un quart
d'heure que je vous écoute, bien que je ne
sois pas très familiarisé avec votre patois,
j'en ai assez entendu pour être autorisé à
vous dire que vous êtes bien la plus effron-
tée coquine que j'aie rencontrée dans ma
vie. Cependant, je crois que vous êtes plus
stupide que méchante, et plus lâche que dangereuse. Vous ne comprenez rien aux belles
choses, et ce serait temps perdu que d'essayer de vous les faire comprendre. Je n'ai
qu'une chose à vous dire : cette jeune fille,
cette vierge, cette sainte, comme vous l'avez
nommée tout à l'heure en croyant railler,
vous la souillez en lui parlant : ne lui parlez
donc plus. Quant à cet enfant qni est né de
vous, vous le flétririez en le touchant : ne le

touchez donc pas. C'est un être sacré qu'un enfant; Consuelo l'a dit, et je l'ai compris. C'est par l'intercession, par la persuasion de cette même Consuelo que j'ai osé me charger de votre fille, sans craindre que les instincts pervers qu'elle peut tenir de vous vinssent à m'en faire repentir un jour. Nous nous sommes dit que la bonté divine donne à toute créature le pouvoir de connaître et de pratiquer le bien, et nous nous sommes promis de lui enseigner le bien, et de le lui rendre aimable et facile. Avec vous, il en serait tout autrement. Veuillez donc, dès aujourd'hui, ne plus considérer cet enfant comme le vôtre. Vous l'avez abandonné, vous l'avez cédé, donné; il ne vous appartient plus. Vous avez remis une somme d'argent pour nous payer son éducation... » Il fit un signe à la jardinière qui, prévenue par lui depuis quelques instants, avait tiré de l'armoire un

sac lié et cacheté ; celui que Corilla avait
envoyé au chanoine avec sa fille, et qui n'a-
vait pas été ouvert. Il le prit et le jeta aux
pieds de la Corilla, en ajoutant : « Nous n'en
avons que faire et nous n'en voulons pas.
Maintenant, je vous prie de sortir de chez
moi et de n'y jamais remettre les pieds, sous
quelque prétexte que ce soit. A ces conditions, et à celle que vous ne vous permettrez
jamais d'ouvrir la bouche sur les circonstances qui nous ont forcé d'être en rapport avec
vous, nous vous promettons le silence le plus
absolu sur tout ce qui vous concerne. Mais
si vous agissez autrement, je vous avertis
que j'ai plus de moyens que vous ne pensez
de faire entendre la vérité à Sa Majesté Impériale, et que vous pourriez bien voir changer vos couronnes de théâtre et les trépi-
gnements de vos admirateurs en un séjour

de quelques années dans un couvent de filles repenties. »

Ayant ainsi parlé, le chanoine se leva, fit signe à la nourrice de prendre l'enfant dans ses bras, et à Consuelo de se retirer, avec Joseph, au fond de l'appartement; puis il montra du doigt la porte à Corilla qui, terrifiée, pâle et tremblante, sortit convulsivement et comme égarée, sans savoir où elle allait, et sans comprendre ce qui se passait autour d'elle.

Le chanoine avait eu, durant cette sorte d'imprécation, une indignation d'honnête homme qui, peu à peu, l'avait rendu étrangement puissant. Consuelo et Joseph ne l'avaient jamais vu ainsi. L'habitude d'autorité qui ne s'efface jamais chez le prêtre, et aussi l'attitude du commandement royal qui passe un peu dans le sang, et qui trahissait en cet instant le bâtard d'Auguste II, revê-

tissaient le chanoine, peut-être à son insu,
d'une sorte de majesté irrésistible. La Corilla, à qui jamais aucun homme n'avait
parlé ainsi dans le calme austère de la vérité, ressentit plus d'effroi et de terreur
que jamais ses amants furieux ne lui en
avaient inspiré dans les outrages de la vengeance et du mépris. Italienne et supersti-
tieuse, elle eut véritablement peur de cet
ecclésiastique et de son anathème, et s'enfuit éperdue à travers les jardins, tandis que
le chanoine, épuisé de cet effort si contraire
à ses habitudes de bienveillance et d'enjouement, retomba sur sa chaise, pâle et presque en défaillance.

Tout en s'empressant pour le secourir,
Consuelo suivait involontairement de l'œil la
démarche agitée et vacillante de la pauvre
Corilla. Elle la vit trébucher au bout de l'al-
lée et tomber sur l'herbe, soit qu'elle eût

fait un faux pas dans son trouble, soit qu'elle
n'eût plus la force de se soutenir. Emportée
par son bon cœur, et trouvant la leçon plus
cruelle qu'elle n'eût eu la force de la donner,
elle laissa le chanoine aux soins de Joseph, et
courut rejoindre sa rivale qui était en proie
à une violente attaque de nerfs. Ne pouvant
la calmer et n'osant la ramener au prieuré,
elle l'empêcha de se rouler par terre et de
se déchirer les mains sur le sable. Corilla fut
comme folle pendant quelques instants ; mais
quand elle eut reconnu la personne qui la
secourait, et qui s'efforçait de la consoler,
elle se calma et devint d'une pâleur bleuâ-
tre. Ses lèvres contractées gardèrent un
morne silence, et ses yeux éteints fixés sur la
terre ne se relevèrent pas. Elle se laissa
pourtant reconduire jusqu'à sa voiture qui
l'attendait à la grille, et y monta soutenue
par sa rivale, sans lui dire un seul mot.

« Vous êtes bien mal? lui dit Consuelo, effrayée de l'altération de ses traits. Laissez-moi vous accompagner un bout de chemin, je reviendrai à pied. » La Corilla, pour toute réponse, la repoussa brusquement, puis la regarda un instant avec une expression impénétrable. Et tout à coup, éclatant en sanglots, elle cacha son visage dans une de ses mains, en faisant, de l'autre, signe à son cocher de partir et en baissant le store de la voiture entre elle et sa généreuse ennemie.

Le lendemain, à l'heure de la dernière répétition de l'*Antigono*, Consuelo était à son poste et attendait la Corilla pour commencer. Cette dernière envoya son domestique dire qu'elle arriverait dans une demi-heure. Caffariello la donna à tous les diables, prétendit qu'il n'était point aux ordres d'une pareille péronnelle, qu'il ne l'attendrait pas, et fit mine de s'en aller. Madame Tesi, pâle et souffrante, avait voulu assister à la répétition pour se divertir aux dépens de la Corilla; elle s'était fait apporter un sofa de théâtre, et, allongée dessus, derrière cette première coulisse, peinte en rideau replié, qu'en style de coulisse précisément on appelle *manteau d'arlequin*, elle calmait son ami, et s'obstinait à attendre Corilla, pensant que c'était pour éviter son contrôle qu'elle hésitait à paraître. Enfin, la Corilla arriva plus pâle et plus languissante que madame Tesi elle-même, qui reprenait ses couleurs et ses forces en la voyant ainsi. Au lieu de se débarrasser de son mantelet et de sa coiffe avec les grands mouvements et l'air dégagé qu'elle se donnait de coutume, elle se laissa tomber sur un trône de bois doré oublié au fond de la scène, et parla ainsi à Holzbauer d'une voix éteinte : « Monsieur le direc-

teur, je vous déclare que je suis horrible-
mment malade, que je n'ai pas de voix, que
j'ai passé une nuit affreuse..... (Avec qui?
demanda languissamment la Tesi à Caffariello.) — Et que pour toutes ces raisons,
continua la Corilla, il m'est impossible de
répéter aujourd'hui et de chanter demain, à
moins que je ne reprenne le rôle d'Ismène,
et que vous ne donniez celui de Bérénice à
une autre.

— Y songez-vous, madame? s'écria Holzbauer frappé comme d'un coup de foudre.
Est-ce à la vieille de la représentation, et
lorsque la cour en a fixé l'heure, que vous
pouvez alléguer une défaite? C'est impossible, je ne saurais en aucune façon y con-
sentir.

— Il faudra bien que vous y consentiez,
répliqua-t-elle en reprenant sa voix naturelle qui n'était pas douce. Je suis engagée

pour les seconds rôles, et rien dans mon traité ne me force à faire les premiers. C'est un acte d'obligeance qui m'a portée à les accepter au défaut de la signora Tesi, et pour ne pas interrompre les plaisirs de la cour. Or, je suis trop malade pour tenir ma promesse, et vous ne me ferez point chanter malgré moi.

— Ma chère amie, on te fera chanter *par ordre*, reprit Caffariello, et tu chanteras mal, nous y étions préparés. C'est un petit malheur à ajouter à tous ceux que tu as voulu affronter dans ta vie ; mais il est trop tard pour t'en repentir. Il fallait faire tes réflexions un peu plus tôt. Tu as trop présumé de tes moyens. Tu feras *fiasco ;* peu nous importe, à nous autres. Je chanterai de manière à ce qu'on oublie que le rôle de Bérénice existe. La Porporina aussi, dans son petit rôle d'Ismène, dédommagera le public,

et tout le monde sera content, excepté toi.
Ce sera une leçon dont tu profiteras, ou dont
tu ne profiteras pas une autre fois.

— Vous vous trompez beaucoup sur mes
motifs de refus, répondit la Corilla avec as-
rurance. Si je n'étais malade, je chanterais
peut-être le rôle aussi bien qu'*une autre*;
mais comme je ne peux pas le chanter, il y a
quelqu'un ici qui le chantera mieux qu'on ne
l'a encore chanté à Vienne, et cela pas plus
tard que demain. Ainsi la représentation ne
sera pas retardée, et je repredrai avec plaisir mon rôle d'Ismène, qui ne me fatigue
point.

— Vous comptez donc, dit Holbauer surpris, que madame Tesi se trouvera assez ré-
tablie demain pour chanter le sien?

— Je sais fort bien que madame Tesi ne
pourra chanter de longtemps, dit la Corilla à
haute voix, de manière à ce que, du trône

où elle se prélassait, elle pût être entendue de la Tesi, étalée sur son sofa à dix pas d'elle : voyez comme elle est changée ! sa figure est effrayante. Mais je vous ai dit que vous aviez une Bérénice parfaite, incomparable, supérieure à nous toutes, et la voici, ajouta-t-elle en se levant et en prenant Consuelo par la main pour l'attirer au milieu du groupe inquiet et agité qui s'était formé autour d'elle.

— Moi? s'écria Consuelo qui croyait faire un rêve.

— Toi ! s'écria Corilla en la poussant sur le trône avec un mouvement convulsif. Te voilà reine, Porporina, te voilà au premier rang ; c'est moi qui t'y place, je te devais cela. Ne l'oublie pas !

Dans sa détresse, Holzbauer, à la veille de manquer à son devoir et d'être forcé peut-être de donner sa démission, ne put

repousser ce secours inattendu. Il avait bien
vu, d'après la manière dont Consuelo avait
fait l'Ismène qu'elle pouvait faire la Bérénice d'une manière supérieure. Malgré l'é-
loignement qu'il avait pour elle et pour le
Porpora , il ne lui fut permis d'avoir en cet
instant qu'une seule crainte : c'est qu'elle ne
voulût point accepter le rôle.

Elle s'en défendit, en effet, très sérieusement ; et, pressant les mains de la Corilla
avec cordialité, elle la supplia, à voix basse,
de ne pas lui faire un sacrifice qui l'énor-
gueillissait si peu, tandis que, dans les idées
de sa rivale, c'était la plus terrible des expiations, et la soumission la plus épouvantable qu'elle pût s'imposer. Corilla demeura
inébranlable dans cette résolution. Madame
Tesi, effrayée de cette concurrence sérieuse
qui la menaçait, eut bien envie d'essayer sa
voix et de reprendre son rôle, dût-elle ex-

pirer après, car elle était sérieusement in-
disposée ; mais elle ne l'osa pas. Il n'était
pas permis, au théâtre de la cour, d'avoir
les caprices auxquels le souverain débon-
naire de nos jours, le bon public sait se ran-
ger si patiemment. La cour s'attendait à
voir quelque chose de nouveau dans ce rôle
de Bérénice : on le lui avait annoncé, et
l'impératrice y comptait. — Allons, décide-
toi, disait Caffariello à la Porporina. Voici le
premier trait d'esprit que la Corilla ait eu
dans sa vie : profitons-en. — Mais je ne sais
point le rôle ; je ne l'ai pas étudié, disait
Consuelo ; je ne pourrai pas le savoir demain. — Tu l'as entendu : donc tu le sais, et
tu le chanteras demain, dit enfin le Porpora
d'une voix de tonnerre. Allons, point de gri-
maces, et que ce débat finisse. Voilà plus
d'une heure que nous perdons à babil-
ler. Monsieur le directeur, faites commencer

les violons. Et toi, Bérénice, en scène! Point
de cahier! à bas ce cahier! Quand on a ré-
pété trois fois, on doit savoir tous les rôles
par cœur. Je te dis que tu le sais!

— *No, tutto, ô Berenice,* chanta la Corilla,
redevenue Ismène,

Tu non apri il tuo cor.

Et à présent, pensa cette fille, qui jugeait
de l'orgueil de Consuelo par le sien propre,
*tout ce qu'elle sait de mes aventures lui pa-
raîtra peu de chose.*

Consuelo, dont le Porpora connaissait bien
la prodigieuse mémoire et la victorieuse fa-
cilité, chanta effectivement le rôle, musique et paroles, sans la moindre hésitation.
Madame Tesi fut si frappée de son jeu et de
son chant, qu'elle se trouva beaucoup plus
malade, et se fit remporter chez elle, après la
répétition du premier acte. Le lendemain, il

fallût que Consuelo eût préparé son costume,
arrangé les *traits* de son rôle et repassé toute
sa partie attentivement à cinq heures du
soir. Elle eut un succès si complet que l'impératrice dit en sortant : « Voilà une admirable jeune fille : il faut absolument que je
la marie : j'y songerai.

Dès le jour suivant, on commença à répéter la *Zenobia* de Métastase, musique de
Predieri. La Corilla s'obstina encore à céder
le premier rôle à Consuelo. Madame Holz-
baüer fit, cette fois, le second; et comme
elle était meilleure musicienne que la Corilla,
cet opéra fut beaucoup mieux étudié que
l'autre. Le Métastase était ravi de voir sa
muse, négligée et oubliée durant la guerre,
reprendre faveur à la cour et faire fureur à
Vienne. Il ne pensait presque plus à ses
maux; et, pressé par la bienveillance de
Marie-Thérèse et par les devoirs de son em-

ploi, d'écrire de nouveaux drames lyri-
ques, il se préparait, par la lecture des tragiques grecs et des classiques latins, à produire quelqu'un de ces chefs-d'œuvre que les
Italiens de Vienne et les Allemands de l'Italie mettaient, sans façon, au dessus des tragédies de Corneille, de Racine, de Shaks-
peare, de Calderon, au dessus de tout,
pour le dire sans détour et sans mauvaise
honte.

Ce n'est pas au beau milieu de cette histoire, déjà si longue et si chargée de détails, que nous abuserons encore de la patience, peut-être depuis longtemps épuisée,
du lecteur, pour lui dire ce que nous pen-
sons du génie de Métastase. Peu lui importe.
Nous allons donc lui répéter seulement ce
que Consuelo en disait tout bas à Joseph. —

— Mon pauvre Beppo, tu ne saurais croire
quelle peine j'ai à jouer ces rôles qu'on dit

si sublimes et si pathétiques. Il est vrai que
les mots sont bien arrangés, et qu'ils arri-
vent facilement sur la langue, quand on les
chante ; mais quand on pense au personnage qui les dit, on ne sait où prendre, je
ne dis pas de l'émotion, mais du sérieux pour
les prononcer. Quelle bizarre convention est
donc celle qu'on a faite, en arrangeant l'antiquité à la mode de notre temps, pour mettre sur la scène des intrigues, des passions et
des moralités qui seraient bien placées peut-
être dans des mémoires de la margrave de
Bareith, du baron de Trenck, ou de la princesse de Culmbach, mais qui, de la part de
Radamiste, de Bérénice, ou d'Arsinoé, sont
des contre-sens absurdes ? Lorsque j'étais
convalescente au château des Géants, le
comte Albert me faisait souvent la lecture
pour m'endormir ; mais moi, je ne dormais
pas, et j'écoutais de toutes mes oreilles. Il me

lisait des tragédies grecques de Sophocle,
d'Eschyle ou d'Euripide, et il les lisait en es-
pagnol, lentement, mais nettement et sans
hésitation, quoique ce fût un texte grec qu'il
avait sous les yeux. Il était si versé dans les
langues anciennes et nouvelles, qu'on eût dit
qu'il lisait une traduction admirablement
écrite. Il s'attachait à la faire assez fidèle,
disait-il, pour que je pusse saisir, dans
l'exactitude scrupuleuse de son interpréta-
tion, le génie des Grecs dans toute sa sim-
plicité. Quelle grandeur, mon Dieu ! quelles
images ! quelle poésie et quelle sobriété !
Quels personnages de dix coudées, quels caractères purs et forts, quelles énergiques situations, quelles douleurs profondes et vraies
quels tableaux déchirants et terribles il faisait passer devant moi ! faible encore, et l'i-
magination toujours frappée des émotions
violentes qui avaient causé ma maladie, j'é-

tais si bouleversée de ce que j'entendais, que
je m'imaginais, en l'écoutant, être tour à
tour Antigone, Clytemnestre, Médée, Élec-
tre, et jouer en personne ces drames san-
glants et douloureux, non sur un théâtre à
la lueur des quinquets, mais dans des solitu-
des affreuses, au seuil des grottes béantes,
ou sous les colonnes des antiques parvis, auprès des pâles foyers où l'on pleurait les
morts en conspirant contre les vivants.
J'entendais ces chœurs lamentables des
Troyennes et des captives de Dardanie.
Les Euménides dansaient autour de moi...
sur quels rhythmes bizarres et sur quelles in-
fernales modulations! Je n'y pense pas sans
un souvenir de plaisir et de terreur qui me
fait encore frissonner. Jamais je n'aurai, sur
le théâtre, dans la réalisation de mes rêves,
les mêmes émotions et la même puissance
que je sentais gronder alors dans mon cœur

et dans mon cerveau. C'est là que je me suis
sentie tragédienne pour la première fois,
et que j'ai conçu des types dont aucun artiste
ne m'avait fourni le modèle. C'est là que
j'ai compris le drame, l'effet tragique, la
poésie du théâtre; et, à mesure qu'Albert
lisait, j'improvisais intérieurement un chant
sur lequel je m'imaginais suivre et dire moi-
même tout ce que j'entendais. Je me surpre-
nais quelquefois dans l'attitude et avec la
physionomie des personnages qu'il faisait
parler, et il lui arriva souvent de s'arrêter
effrayé, croyant voir apparaître Andromaque
ou Ariane devant lui. Oh! va, j'en ai plus appris et plus deviné en un mois avec ces lec-
tures-là que je ne le ferai dans toute ma
vie, employée à répéter les drames de M. Métastase; et si les compositeurs n'avaient mis
dans la musique le sentiment et la vérité qui
manquent à l'action, je crois que je succom-

berais sous le dégoût que j'éprouve à faire
parler la grande-duchesse Zénobie avec la
landgrave Églé, et à entendre le feld-maré-
chal Radamiste se disputer avec le cornette
de pandoures Zopire. Oh ! tout cela est faux,
archi-faux, mon pauvre Beppo ! faux comme
nos costumes, faux comme la perruque
blonde de Caffariello Tiridate, comme le
déshabillé Pompadour de madame Holzbauer
en pastourelle d'Arménie, comme les mollets de tricot rose du prince Démétrius,
comme ces décors que nous voyons là de près,
et qui ressemblent à l'Asie comme l'abbé
Métastase ressemble au vieil Homère.

— Ce que tu me dis là, répondit Haydn,
m'explique pourquoi, en sentant la nécessité
d'écrire des opéras pour le théâtre, si tant
est que je puisse arriver jusque-là, je me sens
plus d'inspiration et d'espérance quand je
pense à composer des oratorios. Là où les

puérils artifices de la scène ne viennent pas
donner un continuel démenti à la vérité du
sentiment, dans ce cadre symphonique où
tout est musique, où l'âme parle à l'âme par
l'oreille et non par les yeux, il me semble
que le compositeur peut développer toute
son inspiration, et entraîner l'imagination
d'un auditoire dans des régions vraiment élevées.

En parlant ainsi, Joseph et Consuelo, en
attendant que tout le monde fût rassemblé
pour la répétion, marchaient côte à côte le
long d'une grande toile de fond qui devait-
être ce soir-là le fleuve Araxe, et qui n'était,
dans le demi-jour du théâtre, qu'une énorme
bande d'indigo étendue parmi de grosses taches d'ocre, destinées à représenter les montagnes du Caucase. On sait que ces toiles de
fond, préparées pour la représentation, sont
placées les unes derrière les autres, de ma-

nière à être relevées sur un cylindre au changement à vue. Dans l'intervalle qui les sé-
pare les unes des autres, les acteurs circu-
lent durant la représentation ; les comparses
s'endorment ou échangent des prises de tabac,
assis ou couchés dans la poussière, sous les
gouttes d'huile qui tombent languissamment
des quinquets mal assurés. Dans la journée,
les acteurs se promènent le long de ces cou-
loirs étroits et obscurs, en répétant leurs
rôles, ou en s'entretenant de leurs affaires ;
quelquefois en épiant les petites confidences
ou surprenant les profondes machinations
d'autres promeneurs causant tout près
d'eux sans les voir, derrière un bras de mer
ou une place publique.

Heureusement, Métastase n'était point sur
l'autre rive de l'Araxe, tandis que l'inexpé-
rimentée Consuelo épanchait ainsi son indignation d'artiste avec Haydn. La répétition

commença. C'était la seconde de *Zénobie*, et
elle alla si bien, que les muciciens de l'orchestre applaudirent, selon l'usage, avec
leurs archets sur le ventre de leurs violons.
La musique de Predieri était charmante, et
le Porpora la dirigeait avec plus d'enthousiasme qu'il n'avait pu le faire pour celle de
Hasse. Le rôle de Tiridate était un des triomphes de Caffariello, et il n'avait garde de
trouver mauvais qu'en l'équipant en farouche
guerrier parthe, on le fit roucouler en Céla-
don et parler en Clitandre. Consuelo, si elle
sentait son rôle faux et guindé dans la bouche
d'une héroïne de l'antiquité, trouvait au
moins là un caractère de femme agréablement indiqué. Il offrait même une sorte de
rapprochement avec la situation d'esprit où
elle s'était trouvée entre Albert et Anzoleto;
et oubliant tout à fait la *couleur locale*,
comme nous disons aujourd'hui, pour ne se

représenter que les sentiments humains,
elle s'aperçut qu'elle était sublime dans cet
air dont le sens avait si été souvent dans son
cœur :

> Voi leggete in ogni core ;
> Voi sapete, o giusti Dei ;
> Se son puri i voti miei,
> Se innocente è la pietà.

Elle eut donc en cet instant la conscience
d'une émotion vraie et d'un triomphe mé-
rité. Elle n'eut pas besoin que le regard de
Caffariello, qui n'était pas gêné ce jour-là par
la présence de la Tesi, et qui admirait de
bonne foi, lui confirmât ce qu'elle sentait
déjà, la certitude d'un effet irrésistible à produire sur tous les publics du monde et dans
toutes les conditions possibles, avec ce mor-
ceau capital. Elle se trouva ainsi toute récon-
ciliée avec sa partie, avec l'opéra, avec ses
camarades, avec elle-même, avec le théâtre,

en un mot ; et malgré toutes les imprécations qu'elle venait de faire contre son état, une heure auparavant, elle ne put se défendre d'un de ces tressaillements intérieurs, si profonds, si soudains et si puissants, qu'il est impossible à quiconque n'est pas artiste en quelque chose, de comprendre quels siècles de labeur, de déceptions et de souffrances ils peuvent racheter en un instant.

4

En qualité d'élève, encore à demi serviteur du Porpora, Haydn, avide d'entendre
de la musique et d'étudier, même sous un
point de vue matériel, la contexture des
opéras, obtenait la permission de se glisser
dans les coulisses lorsque Consuelo chantait.

Depuis deux jours, il remarquait que le Porpora, d'abord assez mal disposé à l'admettre
ainsi dans l'intérieur du théâtre, l'y autori-
sait d'un air de bonne humeur, avant même
qu'il osât le lui demander. C'est qu'il s'était
passé quelque chose de nouveau dans l'esprit du professeur. Marie-Thérèse, parlant
musique avec l'ambassadeur de Venise, était
revenue à son idée fixe de matrimoniomanie,
comme disait Consuelo. Elle lui avait dit
qu'elle verrait avec plaisir cette grande cantatrice se fixer à Vienne en épousant le jeune
musicien , élève de son maître; elle avait
pris des informations sur Haydn auprès de
l'ambassadeur même, et ce dernier lui en
ayant dit beaucoup de bien, l'ayant assurée
qu'il annonçait de grandes facultés musicales, et surtout qu'il était très bon catholique,
Sa Majesté l'avait engagé à arranger ce
mariage, promettant de faire un sort conve-

nable aux jeunes époux. L'idée avait souri à
M. Corner, qui aimait tendrement Joseph,
et qui déjà lui faisait une pension de soixante
douze francs par mois pour l'aider à continuer
librement ses études. Il en avait parlé chau-
dement au Porpora, et celui-ci, craignant
que sa Consuelo ne persistât dans l'idée de
se retirer du théâtre pour épouser un gentilhomme, après avoir beaucoup hésité,
beaucoup résisté (il eût préféré à tout que
son élève vécût sans hymen et sans amour),
s'était enfin laissé persuader. Pour frapper
un grand coup, l'ambassadeur s'était déterminé à lui faire voir des compositions de
Haydn, et à lui avouer que la sérénade en
trio dont il s'était montré si satisfait était de
la façon de Beppo. Le Porpora avait confessé
qu'il y avait là le germe d'un grand talent;
qu'il pourrait lui imprimer une bonne direction et l'aider par ses conseils à écrire

pour la voix ; enfin que le sort d'une cantatrice mariée à un compositeur pouvait être
fort avantageux. La grande jeunesse du
couple et ses minces ressources lui imposaient
la nécessité de s'adonner au travail sans autre espoir d'ambition, et Consuelo se trou-
verait ainsi enchaînée au théâtre. Le Maestro se rendit. Il n'avait pas reçu plus que Consuelo de réponse de Riesenburg. Ce silence
lui faisait craindre quelque résistance à ses
vues, quelque coup de tête du jeune comte :
« Si je pouvais sinon marier, du moins fian-
cer Consuelo à un autre, pensa-t-il, je n'aurais plus rien à craindre de ce côté-là. »

Le difficile était d'amener Consuelo à cette
résolution. L'y exhorter eût été lui inspirer
la pensée de résister. Avec sa finesse napo-
litaine, il se dit que la force des choses devait amener un changement insensible dans
l'esprit de cette jeune fille. Elle avait de l'a-

mitié pour Beppo, et Beppo, quoiqu'il eût
vaincu l'amour dans son cœur, montrait tant
de zèle, d'admiration et de dévouement pour
elle, que le Porpora put bien s'imaginer qu'il
en était violemment épris. Il pensa qu'en ne
le gênant point dans ses rapports avec elle,
il lui laisserait les moyens de faire agréer ses
vœux ; qu'en l'éclairant en temps et lieu sur
les desseins de l'impératrice et sur sa propre
adhésion, il lui donnerait le courage de l'é-
loquence et le feu de la persuasion. Enfin il
cessa tout à coup de le brutaliser et de le ra-
baisser, et laissa un libre cours à leurs épan-
chements fraternels, se flattant que les choses iraient plus vite ainsi que s'il s'en mêlait
ostensiblement.

Le Porpora, en ne doutant pas assez du
succès, commettait une grande faute. Il livrait la réputation de Consuelo à la médi-
sance ; car il ne fallait que voir Joseph deux

fois de suite dans les coulisses auprès d'elle
pour que toute la gent dramatique procla-
mât ses amours avec ce jeune homme, et la
pauvre Consuelo, confiante et imprévoyante
comme toutes les âmes droites et chastes, ne
songeait nullement à prévoir le danger et à
s'en garantir. Aussi, dès le jour de cette répétition de *Zénobie*, les yeux prirent l'éveil
et les langues la volée. Dans chaque coulisse, derrière chaque décor, il y eut entre les
acteurs, entre les choristes, entre les employés de toutes sortes qui circulaient, une
remarque maligne ou enjouée, accusatrice
ou bienveillante, sur le scandale de cette intrigue naissante ou sur la candeur de ces
heureuses accordailles.

Consuelo, toute à son rôle, toute à son
émotion d'artiste, ne voyait, n'entendait et
ne pressentait rien. Joseph, tout rêveur,
tout absorbé par l'opéra qu'on chantait et

par celui qu'il méditait dans son âme musicale, entendait bien quelques mots à la dérobée, et ne les comprenait pas, tant il était
loin de se flatter d'une vaine espérance.
Quand il surprenait en passant quelque parole équivoque, quelque observation piquan-
te, il levait la tête, regardait autour de lui,
cherchait l'objet de ces satires, et, ne le trouvant pas, profondément indifférent aux propos de ce genre, il retombait dans ses con-
templations.

Entre chaque acte de l'opéra, on donnait
souvent un intermède bouffe, et ce jour-là
on répéta l'*Impressario delle Canarie*, assemblage de petites scènes très gaies et très co-
miques de Métastase. La Corilla, en y rem-
plissant le rôle d'une prima donna exigeante,
impérieuse et fantasque, était d'une vérité
parfaite, et le succès qu'elle avait ordinairement dans cette bluette la consolait un peu

du sacrifice de son grand rôle de Zénobie.
Pendant qu'on répétait la dernière partie de
l'intermède, en attendant qu'on répétât le
troisième acte, Consuelo, un peu oppressée
par l'émotion de son rôle, alla derrière la
toile de fond, entre l'*horrible vallée hérissée
de montagnes et de précipices*, qui formait le
premier décor, et ce bon fleuve Araxe, bordé
d'*aménissimes montagnes*, qui devait apparaître à la troisième scène pour reposer agréablement les yeux du spectateur *sensible*. Elle
marchait un peu vite, allant et revenant sur
ses pas, lorsque Joseph lui apporta son éventail qu'elle avait laissé sur la niche du souffleur, et dont elle se servit avec beaucoup de
plaisir. L'instinct du cœur, et la volontaire
préoccupation du Porpora poussaient machinalement Joseph à rejoindre son amie ; l'habitude de la confiance et le besoin d'épan-
chement portaient Consuelo à l'accueillir tou-

jours joyeusement. De ce double mouvement d'une sympathie dont les anges n'eussent pas rougi dans le ciel, la destinée avait résolu de faire le signal et la cause d'étranges infortunes... Nous savons très bien que nos lectrices de romans, toujours pressées d'arriver à l'évènement, ne nous demandent que plaie et bosse ; nous les supplions d'avoir un peu de patience.

— Eh bien, mon amie, dit Joseph en souriant à Consuelo et en lui tendant la main, il me semble que tu n'es plus si mécontente du drame de notre illustre abbé, et que tu as trouvé dans ton air de la prière une fenêtre ouverte par laquelle le démon du génie qui te possède va prendre une bonne fois sa volée.

— Tu trouves donc que je l'ai bien chanté ?

— Est-ce que tu ne vois pas que j'ai les yeux rouges ?

— Ah ! oui, tu as pleuré. C'est bon, tant
mieux ! je suis bien contente de t'avoir fait
pleurer.

— Comme si c'était la première fois ! Mais
tu deviens artiste comme le Porpora veut que
tu le sois, ma bonne Consuelo ! La fièvre du
succès s'est allumée en toi. Quand tu chan-
tais dans les sentiers du Bœhmer-Wald, tu
me voyais bien pleurer et tu pleurais toi-
même, attendrie par la beauté de ton chant ;
maintenant c'est autre chose : tu ris de bonheur, et tu tressailles d'orgueil en voyant les
larmes que tu fais couler. Allons, courage,
ma Consuelo ! te voilà *prima donna* dans
toute la force du terme !

— Ne me dis pas cela, ami. Je ne serai jamais comme celle de là-bas. » Et elle dési-
gnait du geste la Corilla qui chantait de l'autre côté de la toile de fond, sur la scène.

— Ne le prends pas en mauvaise part, re-

partit Joseph; je veux dire que le dieu de
l'inspiration t'a vaincue. En vain ta raison
froide, ton austère philosophie et le souvenir de Riesenburg ont lutté contre l'esprit de
Python. Le voilà qui te remplit et te déborde.
Avoue que tu étouffes de plaisir : je sens
ton bras trembler contre le mien ; ta figure
est animée, et jamais je ne t'ai vu le regard
que tu as dans ce moment-ci. Non, tu n'étais
pas plus agitée, pas plus inspirée quand le
comte Albert te lisait les tragiques grecs !

— Ah ! quel mal tu me fais ! s'écria Consuelo en pâlissant tout à coup et en retirant
son bras de celui de Joseph. Pourquoi pro-
nonces-tu ce nom-là ici ? C'est un nom sacré
qui ne devrait pas retentir dans ce temple de
la folie. C'est un nom terrible qui, comme un
coup de tonnerre, fait rentrer dans la nuit
toutes les illusions et tous les fantômes des
songes dorés !

— Eh bien, Consuelo, veux-tu que je te le
dise? reprit Haydn après un moment de silence : jamais tu ne pourras te décider à
épouser cet homme-là.

— Tais-toi, tais-toi, je l'ai promis!....

— Eh bien, si tu tiens ta promesse, jamais
tu ne seras heureuse avec lui. Quitter le
théâtre, toi? renoncer à être artiste? Il est
trop tard d'une heure. Tu viens de savourer
une joie dont le souvenir ferait le tourment
de toute ta vie.

— Tu me fais peur, Beppo! Pourquoi me
dis-tu de pareilles choses aujourd'hui?

— Je ne sais, je te les dis comme malgré
moi. Ta fièvre a passé dans mon cerveau, et
il me semble que je vais, en rentrant chez
nous, écrire quelque chose de sublime. Ce
sera quelque platitude : n'importe, je me
sens plein de génie pour le quart d'heure.

— Comme tu es gai, comme tu es tran-

quille, toi! moi, au milieu de cette fièvre
d'orgueil et de joie dont tu parles, j'éprouve
une atroce douleur, et j'ai à la fois envie de
rire et de pleurer.

— Tu souffres, j'en suis certain; tu dois
souffrir. Au moment où tu sens ta puissance
éclater, une pensée lugubre te saisit et te
glace.....

— Oui, c'est vrai, qu'est-ce que cela veut
dire?

— Cela veut dire que tu es artiste, et que
tu t'es imposé comme un devoir l'obligation
farouche, abominable à Dieu et à toi-même,
de renoncer à l'art.

— Il me semblait hier que non, et aujour-
d'hui il me semble que oui. C'est que j'ai
mal aux nerfs, c'est que ces agitations sont
terribles et funestes, je le vois. J'avais toujours nié leur entraînement et leur puissance. J'avais toujours abordé la scène avec

calme, avec une attention consciencieuse et
modeste. Aujourd'hui je ne me possède plus,
et s'il me fallait entrer en représentation en
cet instant, il me semble que je ferais des
folies sublimes ou des extravagances miséra-
bles. Les rênes de ma volonté m'échappent;
j'espère que demain je ne serai pas ainsi,
car cette émotion tient à la fois du délire et
de l'agonie.

— Pauvre amie! je crains qu'il n'en soit
toujours ainsi désormais, ou plutôt je l'espère; car tu ne seras vraiment puissante que
dans le feu de cette émotion. J'ai ouï dire à
tous les musiciens, à tous les acteurs que j'ai
abordés, que, sans ce délire ou sans ce trouble, ils ne pouvaient rien; et qu'au lieu de se
calmer avec l'âge et l'habitude, ils deve-
naient toujours plus impressionnables à
chaque étreinte de leur démon.

—Ceci est un grand mystère, dit Consuelo

en soupirant. Il ne me semble pas que la
vanité, la jalousie des autres, le lâche besoin
du triomphe, aient pu s'emparer de moi si
soudainement et bouleverser mon être du
jour au lendemain. Non! je t'assure qu'en
chantant cette prière de Zénobie et ce duo
avec Tiridate, où la passion et la vigueur de
Caffariello m'emportaient comme un tour-
billon d'orage, je ne songeais ni au public,
ni à mes rivales, ni à moi-même. J'étais Zénobie; je pensais aux dieux immortels de
l'Olympe avec une ardeur toute chrétienne,
et je brûlais d'amour pour ce bon Caffariello, qu'après la ritournelle je ne puis pas
regarder sans rire. Tout cela est étrange, et
je commence à croire que, l'art dramatique
étant un mensonge perpétuel, Dieu nous
punit en nous frappant de la folie d'y croire
nous-mêmes et de prendre au sérieux ce que
nous faisons pour produire l'illusion chez les

autres. Non ! il n'est pas permis à l'homme
d'abuser de toutes les passions et de toutes
les émotions de la vie réelle pour s'en faire
un jeu. Il veut que nous gardions notre âme
saine et puissante pour des affections vraies,
pour des actions utiles, et quand nous faus-
sons ses vues, il nous châtie et nous rend
insensés.

— Dieu ! Dieu ! la volonté de Dieu ! voilà
où gît le mystère, Consuelo ! Qui peut pénétrer les desseins de Dieu envers nous ? Nous
donnerait-il, dès le berceau, ces instincts,
ces besoins d'un certain art, que nous ne
pouvons jamais étouffer, s'il proscrivait l'u-
sage que nous sommes appelés en à faire ?
Pourquoi, dès mon enfance, n'aimais-je pas
les jeux de mes petits camarades ? pourquoi,
dès que j'ai été livré à moi-même, ai-je tra-
vaillé à la musique avec un acharnement
dont rien ne pouvait me distraire, et une as-

siduité qui eût tué tout autre enfant de mon âge ? Le repos me fatiguait, le travail me donnait la vie. Il en était ainsi de toi, Consuelo. Tu me l'as dit cent fois, et quand l'un de nous racontait sa vie à l'autre, celui-ci croyait entendre la sienne propre. Va, la main de Dieu est dans tout, et toute puissance, toute inclination est son ouvrage, quand même nous n'en comprenons pas le but. Tu es née artiste, donc il faut que tu le sois, et quiconque t'empêchera de l'être te donnera la mort ou une vie pire que la tombe.

— Ah ! Beppo, s'écria Consuelo consternée et presque égarée, si tu étais véritablement mon ami, je sais bien ce que tu ferais.

— Eh ! quoi donc, chère Consuelo ? Ma vie ne t'appartient-elle pas ?

— Tu me tuerais demain au moment où

l'on baissera la toile, après que j'aurai été vraiment artiste, vraiment inspirée, pour la première et la dernière fois de ma vie.

— Ah ! dit Joseph avec une gaîté triste, j'aimerais mieux tuer ton comte Albert ou moi-même. »

En ce moment, Consuelo leva les yeux vers la coulisse qui s'ouvrit vis à vis d'elle et la mesura des yeux avec une préoccupation mélancolique. L'intérieur d'un grand théâtre, vu au jour, est quelque chose de si différent de ce qu'il nous apparaît de la salle, aux lumières, qu'il est impossible de s'en faire une idée quand on ne l'a pas contemplé ainsi. Rien de plus triste, de plus sombre et de plus effrayant que cette salle plongée dans l'obscurité, dans la solitude, dans le silence. Si quelque figure humaine venait à se montrer distinctement dans

ces loges fermées comme des tombeaux,
elle semblerait un spectre, et ferait reculer d'effroi le plus intrépide comédien.
La lumière rare et terne qui tombe de
plusieurs lucarnes situées dans les com-
bles sur le fond de la scène, rampe en biais
sur des échafaudages, sur des haillons grisâ-
tres, sur des planches poudreuses. Sur la
scène, l'œil, privé du prestige de la perspective, s'étonne de cette étroite enceinte où
tant de personnes et de passions doivent agir,
en simulant des mouvements majestueux,
des masses imposantes, des élans indomp-
tables, qui sembleront tels aux spectateurs, et
qui sont étudiés, mesurés à une ligne près,
pour ne point s'embarrasser et se confondre,
ou se briser contre les décors. Mais si la scène
se montre petite et mesquine, en revanche,
la hauteur du vaisseau destiné à loger tant
de décorations et à faire mouvoir tant de ma-

chines paraît immense, dégagé de toutes ces
toiles festonnées en nuages, en corniches
d'architecture ou en rameaux verdoyants qui
la coupent dans une certaine proportion
pour l'œil du spectateur. Dans sa dispropor-
tion réelle, cette élévation a quelque chose
d'austère, et, si en regardant la scène , on se
croit dans un cachot, en regardant les com-
bles, on se croirait dans une église gothique;
mais dans une église ruinée ou inachevée : car
tout ce qui est là est blafard, informe, fantasque, incohérent. Des échelles suspendues
sans symétrie pour les besoins du machi-
niste, coupées comme au hasard et lancées
sans motif apparent vers d'autres échelles
qu'on ne distingue point dans la confusion
de ces détails incolores ; des amas de planches bizarrement tailladées, décors vus à
l'envers et dont le dessin n'offre aucun sens
à l'esprit; des cordes entremêlées comme des

hiéroglyphes ; des débris sans nom, des pou-
lies et des rouages qui semblent préparés
pour des supplices inconnus, tout cela ressemble à ces rêves que nous faisons à l'approche du réveil, et où nous voyons des
choses incompréhensibles, en faisant de vains
efforts pour savoir où nous sommes. Tout
est vague, tout flotte, tout semble prêt à se
disloquer. On voit un homme qui travaille
tranquillement sur ces solives, et qui semble
porté par des toiles d'araignée ; il peut vous
paraître un marin grimpant aux cordages
d'un vaisseau, aussi bien qu'un rat gigantesque sciant et rongeant les charpentes ver-
moulues. On entend des paroles qui viennent
on ne sait d'où. Elles se prononcent à quatre-
vingts pieds au dessus de vous, et la sonorité
bizarre des échos accroupis dans tous les
coins du dôme fantastique vous les apporte
à l'oreille, distinctes ou confuses, selon que

vous faites un pas en avant ou de côté, qui
change l'effet acoustique. Un bruit épouvantable ébranle les échafauds et se répète en
sifflements prolongés. Est-ce donc la voûte
qui s'écroule ? Est-ce un de ces frêles balcons
qui craque et tombe, entraînant de pauvres
ouvriers sous ses ruines ? Non, c'est un pom-
pier qui éternue, ou c'est un chat qui s'élance
à la poursuite de son gibier, à travers les précipices de ce labyrinthe suspendu. Avant que
vous soyez habitué à tous ces objets et à tous
ces bruits, vous avez peur; vous ne savez de
quoi il s'agit, et contre quelles apparitions
inouïes il faut vous armer de sang-froid. Vous
ne comprenez rien, et ce que l'on ne distingue pas par la vue ou par la pensée, ce
qui est incertain et inconnu alarme toujours la logique de la sensation. Tout ce
qu'on peut se figurer de plus raisonnable,
quand on pénètre pour la première fois dans

un pareil chaos, c'est qu'on va assister à
quelque sabbat insensé dans le laboratoire
d'une mystérieuse alchimie (1).

(1) Et cependant, comme tout a sa beauté pour l'œil
qui sait voir, ces limbes théâtrales ont une beauté bien
plus émouvante pour l'imagination que tous les prétendus prestiges de la scène éclairée et ordonnée à l'heure du
spectacle. Je me suis demandé souvent en quoi consis-
tait cette beauté, et comment il me serait possible de la
décrire, si je voulais en faire passer le secret dans l'âme
d'un autre. Quoi, sans couleurs, sans formes, sans ordre
et sans clarté, les objets extérieurs peuvent-ils, me dira-
t-on, revêtir un aspect qui parle aux yeux et à l'esprit?
Un peintre seul pourra me répondre : Oui, je le comprends. Il se rappellera le *Philosophe en méditation* de
Rembrandt : cette grande chambre perdue dans l'ombre,
ces escaliers sans fin, qui tournent on ne sait comment ;
ces lueurs vagues qui s'allument et s'éteignent, on ne
sait pourquoi, sur les divers plans du tableau ; toute cette
scène indécise et nette en même temps, cette couleur
puissante répandue sur un sujet qui, en somme, n'est
peint qu'avec du brun clair et du brun sombre ; cette
magie du clair-obscur, ce jeu de la lumière ménagée
sur les objets les plus insignifiants, sur une chaise, sur
une cruche, sur un vase de cuivre ; et voilà que ces ob-

Consuelo laissait donc errer ses yeux distraits sur cet édifice singulier, et la poésie de ce désordre se révélait à elle pour la

jets, qui ne méritent pas d'être regardés, et encore moins d'être peints, deviennent si intéressants, si beaux à leur manière, que vous ne pouvez pas en détacher vos yeux. Ils ont reçu la vie, ils existent et sont dignes d'exister, parce que l'artiste les a touchés de sa baguette, parce qu'il y a fixé une parcelle du soleil, parce que, entre eux et lui il a su étendre un voile transparent, mystérieux, l'air que nous voyons, que nous respirons, et dans lequel nous croyons entrer en nous enfonçant par l'imagination dans la profondeur de sa toile. Eh bien! si nous retrouvons dans la réalité un de ses tableaux, fût-il composé d'objets plus méprisables encore, d'ais brisés, de haillons flétris, de murailles enfumées; si une pâle lumière y jette son prestige avec précaution, si le clair-obscur y déploie cet art essentiel qui est dans l'effet, dans la rencontre, dans l'harmonie de toutes les choses existantes sans que l'homme ait besoin de l'y mettre, l'homme sait l'y trouver, et il le goûte, il l'admire, il en jouit comme d'une conquête qu'il vient de faire.

Il est à peu près impossible d'expliquer avec des paroles ces mystères que le coup de pinceau d'un grand maître traduit intelligiblement à tous les yeux. En voyant les intérieurs de Rembrandt, de Teniers, de Gé-

première fois. A chaque extrémité du couloir
formé par les deux toiles de fond s'ouvrait
une coulisse noire et profonde où quelques

rard Dow, l'œil le plus vulgaire se rappellera la réalité
qui pourtant ne l'avait jamais frappé poétiquement. Pour
voir poétiquement cette réalité et en faire, par la pensée,
un tableau de Rembrandt, il ne faut qu'être doué du
sens pittoresque commun à beaucoup d'organisations.
Mais pour décrire et faire passer ce tableau, par le discours, dans l'esprit d'autrui, il faudrait une puissance si
ingénieuse, qu'en l'essayant, je déclare que je cède à une
fantaisie sans aucun espoir de réussite. Le génie doué de
cette puissance, et qui l'exprime en vers (chose bien plus
prodigieuse à tenter!), n'a pas toujours réussi. Et cependant je doute que dans notre siècle aucun artiste litté-
raire puisse approcher des résultats qu'il a obtenus en ce
genre. Relisez une pièce de vers qui s'appelle les *Puits
de l'Inde*; ce sera un chef-d'œuvre, ou une orgie d'imagination, selon que vous aurez ou non des facultés sym-
pathiques à celles du poète. Quant à moi, j'avoue que
j'en ai été horriblement choqué à la lecture. Je ne pouvais approuver ce désordre et cette débauche de description. Puis quand j'eus fermé le livre, je ne pouvais plus
voir autre chose dans mon cerveau que ces puits, ces souterrains, ces escaliers, ces gouffres par où le poète m'a-
vait fait passer. Je les voyais en rêve, je les voyais tout

figures passaient de temps en temps comme
des ombres. Tout à coup elle vit une de ces
figures s'arrêter comme pour l'attendre, et
elle crut voir un geste qui l'appelait. Est-ce
le Porpora? demanda-t-elle à Joseph. —
Non, dit-il, mais c'est sans doute quelqu'un
qui vient t'avertir qu'on va répéter le troisième acte.

Consuelo doubla le pas, en se dirigeant
vers ce personnage, dont elle ne pouvait dis-
tinguer les traits, parce qu'il avait reculé
jusqu'à la muraille. Mais lorsqu'elle fut à
trois pas de lui, et au moment de l'inter-

éveillé. Je n'en pouvais plus sortir, j'y étais enterré vivant. J'étais subjugué, et je ne voulus pas relire ce mor-
ceau, de crainte de trouver qu'un si grand peintre, comme
un si grand poète, n'était pas un écrivain sans défaut.
Cependant je retins par cœur pendant longtemps les huit
derniers vers, qui, dans tous les temps et pour tous les
goûts, seront un trait profond, sublime, et sans reproche, qu'on l'entende avec le cœur, avec l'oreille ou avec
l'esprit.

roger, il glissa rapidement derrière les coulisses suivantes, et gagna le fond de la scène, en passant derrière toutes les toiles.— Voilà quelqu'un qui avait l'air de nous épier, dit Joseph. — Et qui a l'air de se sauver, ajouta Consuelo, frappée de l'empressement avec lequel il s'était dérobé à ses regards. Je ne sais pourquoi il m'a fait peur.

Elle rentra sur la scène et répéta son dernier acte, vers la fin duquel elle ressentit encore les mouvements d'enthousiasme qui l'avaient transportée. Quand elle voulut remettre son mantelet pour se retirer, elle le chercha, éblouie par une clarté subite : on venait d'ouvrir une lucarne au dessus de sa tête, et le rayon du soleil couchant tombait obliquement devant elle. Le contraste de cette brusque lumière avec l'obscurité des objets environnants égara un instant sa vue ; et elle fit deux ou trois pas au hasard, lors-

que tout à coup elle se trouva auprès du
même personnage en manteau noir, qui l'a-
vait inquiétée dans la coulisse. Elle le voyait
confusément, et cependant il lui sembla le
reconnaître. Elle fit un cri, et s'élança vers
lui ; mais il avait déjà disparu, et ce fut en
vain qu'elle le chercha des yeux. — Qu'as-tu ?
lui dit Joseph en lui présentant son mantelet ;
t'es-tu heurtée contre quelque décor ? t'es-tu
blessée ?

— Non, dit-elle, mais j'ai vu le comte
Albert. — Le comte Albert ici ? en es-tu sûre ?
est-ce possible ! — C'est possible, c'est certain, dit Consuelo en l'entraînant ; et elle se
mit à parcourir les coulisses, en courant et
en pénétrant dans tous les coins. Joseph l'aidait à cette recherche, persuadé cependant
qu'elle s'était trompée, tandis que le Porpora
l'appelait avec impatience pour la ramener
au logis. Consuelo ne trouva personne qui

lui rappelât le moindre trait d'Albert; et lorsque, forcée de sortir avec son maître, elle
vit passer toutes les personnes qui avaient
été sur la scène en même temps qu'elle, elle
remarqua plusieurs manteaux assez semblables à celui qui l'avait frappée. — C'est
égal, dit-elle tout bas à Joseph, qui lui en
faisait l'observation, je l'ai vu; il était là!

— C'est une hallucination que tu as eue,
reprit Joseph. Si c'eût été vraiment le comte
Albert, il t'aurait parlé; et tu dis que deux
fois il a fui à ton approche.

— Je ne dis pas que ce soit lui réellement; mais je l'ai vu, et comme tu le dis,
Joseph, je crois maintenant que c'est une
vision. Il faut qu'il lui soit arrivé quelque
malheur. Oh! j'ai envie de partir tout de
suite, de m'enfuir en Bohême. Je suis sûre
qu'il est en danger, qu'il m'appelle, qu'il
m'attend.

— Je vois qu'il t'a, entre autres mauvais
offices, communiqué sa folie, ma pauvre
Consuelo. L'exaltation que tu as eue en chantant t'a disposée à ces rêveries. Reviens à
toi, je t'en conjure, et sois certaine que si le
comte Albert est à Vienne, tu le verras bien
vivant accourir chez toi avant la fin de la
journée.

Cette espérance ranima Consuelo. Elle
doubla le pas avec Beppo, laissant derrière
elle le vieux Porpora, qui ne trouva pas mauvais cette fois, qu'elle l'oubliât dans la chaleur de son entretien avec ce jeune homme.
Mais Consuelo ne pensait pas plus à Joseph
qu'au Maestro. Elle courut, elle arriva tout
essoufflée, monta à son appartement, et n'y
trouva personne. Joseph s'informa auprès
des domestiques si quelqu'un l'avait deman-
dée pendant son absence. Personne n'était
venu, personne ne vint. Consuelo attendit en

vain toute la journée. Le soir et assez avant
dans la nuit, elle regarda par la fenêtre tous
les passants attardés qui traversaient la rue.
Il lui semblait toujours voir quelqu'un se diriger vers sa porte et s'arrêter. Mais ce quelqu'un passait outre, l'un en chantant, l'autre
en faisant entendre une toux de vieillard, et
ils se perdaient dans les ténèbres. Consuelo,
convaincue qu'elle avait fait un rêve, alla se
coucher, et le lendemain matin cette impression se trouvant dissipée, elle avoua à Joseph
qu'elle n'avait réellement distingué aucun
des traits du personnage en question. L'ensemble de sa taille, la coupe et la pose de
son manteau, un teint pâle, quelque chose
de noir au bas du visage, qui pouvait être
une barbe ou l'ombrage du chapeau fortement dessinée par la lumière bizarre du
théâtre, ces vagues ressemblances, rapidement saisies par son imagination, lui avaient

suffi pour se persuader qu'elle voyait Albert. — Si un homme tel que tu me l'as si souvent dépeint s'était trouvé sur le théâtre, lui dit Joseph, il y avait là assez de monde circulant de tous côtés pour que sa mise négligée, sa longue barbe et ses cheveux noirs eussent attiré les remarques. Or, j'ai interrogé de tous côtés, et, jusqu'aux portiers du théâtre, qui ne laissent pénétrer personne dans l'intérieur sans le reconnaître ou voir son autorisation, et qui que ce soit n'avait vu un homme étranger au théâtre ce jour-là.

— Allons, il est certain que je l'ai rêvé. J'étais émue, hors de moi. J'ai pensé à Albert, son image a passé dans mon esprit. Quelqu'un s'est trouvé là devant mes yeux, et j'en ai fait Albert. Ma tête est donc devenue bien faible? Il est certain que j'ai crié du fond du cœur, et qu'il s'est passé en moi quelque chose de bien extraordinaire et de bien absurde. — N'y pense plus, dit Joseph; ne te fatigue pas avec des chimères. Repasse ton rôle, et songe à ce soir !

5

Dans la journée, Consuelo vit de ses fenêtres une troupe fort étrange défiler vers
la place. C'étaient des hommes trapus, ro-
bustes et hâlés, avec de longues moustaches,
les jambes nues chaussées de courroies en-
tre-croisées comme des cothurnes antiques,

la tête couverte de bonnets pointus, la ceinture garnie de quatre pistolets, les bras, le
cou découvert, la main armée d'une longue
carabine albanaise, et le tout rehaussé d'un
grand manteau rouge . « Est-ce une masca-
rade? demanda Consuelo au chanoine qui
était venu lui rendre visite; nous ne sommes point en carnaval, que je sache. —
Regardez bien ces hommes-là, lui répondit
le chanoine; car nous ne les reverrons pas de
longtemps, s'il plaît à Dieu de maintenir le
règne de Marie-Thérèse. Voyez comme le
peuple les examine avec curiosité, quoique
avec une sorte de dégoût et de frayeur! Vienne
les a vus accourir dans ses jours d'angoisse
et de détresse, et alors elle les a accueillis plus
joyeusement qu'elle ne le fait aujourd'hui,
honteuse et consternée qu'elle est de leur
devoir son salut !

— Sont-ce là ces brigands esclavons dont

on m'a tant parlé en Bohême et qui y ont
fait tant de mal? reprit Consuelo. — Oui, ce
sont eux, répliqua le chanoine ; ce sont les débris de ces hordes de serfs et de bandits croates que le fameux baron François de Trenck,
cousin germain de votre ami le baron Frédéric de Trenck, avait affranchis ou asservis
avec une hardiesse et une habileté incroya-
bles, pour en faire presque des troupes régulières au service de Marie-Thérèse. Tenez,
le voilà, ce héros effroyable, ce Trenck à la
gueule brûlée, comme l'appellent nos sol-
dats ; ce partisan fameux, le plus rusé, le
plus intrépide, le plus nécessaire des tristes
et belliqueuses années qui viennent de s'é-
couler : le plus grand hâbleur et le plus grand
pillard de son siècle, à coup sûr ; mais aussi
l'homme le plus brave, le plus robuste, le
plus actif, le plus fabuleusement téméraire
des temps modernes. C'est lui ; c'est Trenck

le pandoure, avec ses loups affamés, meute sanguinaire dont il est le sauvage pasteur.

François de Trenck était plus grand encore que son cousin de Prusse. Il avait près de six pieds. Son manteau écarlate, attaché à son cou par une agrafe de rubis, s'entr'ouvrait sur sa poitrine pour laisser voir tout un musée d'artillerie turque, chamarrée de pierreries, dont sa ceinture était l'arsenal. Pistolets, sabres recourbés et coutelas, rien ne manquait pour lui donner l'apparence du plus expéditif et du plus déterminé tueur d'hommes. En guise d'aigrette, il portait à son bonnet le simulacre d'une petite faux à quatre lames tranchantes, retombant sur son front. Son aspect était horrible. L'explosion d'un baril de poudre (1) en le défigurant,

---

(1) Étant descendu dans une cave au pillage d'une ville de la Bohême, et dans l'espérance de découvrir le premier, des tonnes d'or dont on lui avait signalé l'exis-

avait achevé de lui donner l'air diabolique. « on ne pouvait le regarder sans frémir, » disent tous les mémoires du temps

— C'est donc là ce monstre, cet ennemi de l'humanité! dit Consuelo en détournant les yeux avec horreur. La Bohême se rappellera longtemps son passage; les villes brûlées, saccagées, les vieillards et les enfants mis en pièces, les femmes outragées, les campagnes épuisées de contributions, les moissons dévastées, les troupeaux détruits quand on ne pouvait les enlever, partout la ruine, la désolation , le meurtre et l'incendie. Pauvre Bohême! rendez-vous éternel de toutes les luttes, théâtre de toutes les tragédies !

tence, il avait approché précipitamment une lumière d'un de ces tonneaux précieux; mais c'était de la poudre qu'il contenait. L'explosion avait fait crouler sur lui une partie de la voûte, et on l'avait retiré des décombres, mourant, le corps sillonné d'énormes brûlures, le visage couvert de plaies profondes et indélébiles.

— Oui, pauvre Bohême! victime de toutes les fureurs, arène de tous les combats,
reprit le chanoine; François de Trenck y a
renouvelé les farouches excès du temps de
Jean Ziska. Comme lui invaincu, il n'a jamais fait quartier; et la terreur de son nom
était si grande, que ses avant-gardes ont
enlevé des villes d'assaut, lorsqu'il était encore à quatre milles de distance, aux prises
avec d'autres ennemis. C'est de lui qu'on
peut dire, comme d'Attila, que l'herbe ne
repousse jamais là où son cheval a passé.
C'est lui que les vaincus maudiront jusqu'à
la quatrième génération. »

François de Trenck se perdit dans l'éloignement; mais pendant longtemps Consuelo et le chanoine virent défiler ses magni-
fiques chevaux richement caparaçonnés, que
ses gigantesques hussards croates condui-
saient en main. « Ce que vous voyez n'est

qu'un faible échantillon de ses richesses, dit
le chanoine. Des mulets et des chariots chargés d'armes, de tableaux, de pierreries, de
lingots d'or et d'argent, couvrent incessamment les routes qui conduisent à ses terres
d'Esclavonie. C'est là qu'il enfouit des trésors
qui pourraient fournir la rançon de trois
rois. Il mange dans la vaisselle d'or qu'il a enlevée au roi de Prusse à Soraw, alors qu'il
a failli enlever le roi de Prusse lui-même.
Les uns disent qu'il l'a manqué d'un quart
d'heure ; les autres prétendent qu'il l'a tenu
prisonnier dans ses mains et qu'il lui a chè-
rement vendu sa liberté. Patience ! Trenck
le pandoure ne jouira peut-être pas longtemps de tant de gloire et de richesses. On
dit qu'un procès criminel le menace, que les
plus épouvantables accusations pèsent sur
sa tête, que l'impératrice en a grand'peur;
enfin que ceux de ses Croates qui n'ont pas

pris, selon leur coutume, leur congé sous
leur bonnet, vont être incorporés dans les
troupes régulières et tenus en bride à la manière prussienne. Quant à lui... j'ai mauvaise
idée des compliments et des récompenses qui
l'attendent à la cour !

— Ils ont sauvé la couronne d'Autriche,
à ce qu'on dit !

— Cela est certain. Depuis les frontières
de la Turquie jusqu'à celles de la France,
ils ont semé l'épouvante et emporté les pla-
ces les mieux défendues, les batailles les plus
désespérées. Toujours les premiers à l'attaque d'un front d'armée, à la tête d'un pont,
à la brèche d'un fort, ils ont forcé nos plus
grands généraux à l'admiration, et nos ennemis à la fuite. Les Français ont partout reculé devant eux, et le grand Frédéric a pâli,
dit-on, comme un simple mortel, à leur cri
de guerre. Il n'est point de fleuve rapide, de

forêt inextricable, de marais vaseux, de roche escarpée, de grêle de balles et de tor-
rents de flammes qu'ils n'aient franchis à
toutes les heures de la nuit, et dans les plus
rigoureuses saisons. Oui, certes, ils ont sauvé
la couronne de Marie-Thérèse plus que la
vieille tactique militaire de tous nos généraux
et toutes les ruses de nos diplomates.

—En ce cas, leurs crimes seront impu-
nis et leurs vols sanctifiés !

— Peut-être qu'ils seront trop punis, au
contraire.

— On ne se défait pas de gens qui ont
rendu de pareils services ?

— Pardon, dit le chanoine malignement :
quand on n'a plus besoin d'eux...

— Mais ne leur a-t-on pas permis tous les
excès qu'ils ont commis sur les terres de
l'Empire et sur celles des alliés ?

— Sans doute ; on leur a tout permis, puisqu'ils étaient nécessaires !

— Et maintenant ?

— Et maintenant qu'ils ne le sont plus, on leur reproche tout ce qu'on leur avait permis.

— Et la grande âme de Marie-Thérèse ?

— Ils ont profané des églises !

— J'entends. Trenck est perdu, monsieur le chanoine.

— Chut ! cela se dit tout bas, reprit-il.

— As-tu vu les pandoures ? s'écria Joseph en entrant tout essoufflé.

— Avec peu de plaisir, répondit Consuelo.

— Eh bien ! ne les as-tu pas reconnus ?

— C'est la première fois que je les vois.

— Non pas, Consuelo, ce n'est pas la première fois que ces figures-là frappent tes regards. Nous en avons rencontré dans le Bœhmer-Wald.

— Grâce à Dieu, aucun à ma souvenance.

— Tu as donc oublié un châlet où nous avons passé la nuit sur la fougère, et où nous nous sommes aperçus tout d'un coup que dix ou douze hommes dormaient là autour de nous ? »

Consuelo se rappela l'aventure du châlet et la rencontre de ces farouches personnages qu'elle avait pris, ainsi que Joseph, pour des contrebandiers. D'autres émotions, qu'elle n'avait ni partagées ni devinées gravaient dans la mémoire de Joseph toutes les circonstances de cette nuit orageuse. « Eh bien, lui dit-il, ces prétendus contrebandiers qui ne s'aperçurent pas de notre présence à côté d'eux et qui sortirent du châlet avant le jour, portant des sacs et de lourds paquets, c'é-

taient des pandoures : c'étaient les armes,
les figures, les moustaches et les manteaux
que je viens de voir passer, et la Providence
nous avait soustraits, à notre insu, à la plus
funeste rencontre que nous pussions faire en
voyage.

— Sans aucun doute, dit le chanoine, à qui
tous les détails de ce voyage avaient été souvent racontés par Joseph ; ces honnêtes gens
s'étaient licenciés de leur propre gré, comme
c'est leur coutume quand ils ont les poches
pleines, et ils gagnaient la frontière pour revenir dans leur pays par un long circuit, plutôt que de passer avec leur butin sur les
terres de l'Empire, où ils craignent toujours
d'avoir à rendre des comptes. Mais soyez sûrs
qu'ils n'y seront pas arrivés sans encombre. Ils se volent et s'assassinent les uns les
autres tout le long du chemin, et c'est le plus
fort qui regagne ses forêts et ses cavernes,

chargé de la part de ses compagnons. »

L'heure de la représentation vint distraire
Consuelo du sombre souvenir des pandoures
de Trenck, et elle se rendit au théâtre. Elle
n'y avait point de loge pour s'habiller ; jusque-là madame Tesi lui avait prêté la sienne.
Mais, cette fois, madame Tesi fort courroucée
de ses succès, et déjà son ennemie jurée,
avait emporté la clef, et la prima donna de la
soirée se trouva fort embarrassée de savoir
où se réfugier. Ces petites perfidies sont usi-
tées au théâtre. Elles irritent et inquiètent la
rivale dont on veut paralyser les moyens.
Elle perd du temps à demander une loge,
elle craint de n'en point trouver. L'heure
s'avance ; ses camarades lui disent en passant : « Eh quoi ! pas encore habillée ? on va
commencer. » Enfin, après bien des demandes et bien des pas, à force de colère et de
menaces, elle réussit à se faire ouvrir une

loge où elle ne trouve rien de ce qui lui est
nécessaire. Pour peu que les tailleuses
soient gagnées, le costume n'est pas prêt ou
va mal. Les habilleuses sont aux ordres de
toute autre que la victime dévouée à ce petit supplice. Là cloche sonne, l'avertisseur
(le *butta-fuori*) crie de sa voix glapissante
dans les corridors : *Signore e signori, si va
cominciar!* mots terribles que la débutante
n'entend pas sans un froid mortel ; elle n'est
pas prête ; elle se hâte, elle brise ses lacets,
elle déchire ses manches, elle met son manteau de travers, et son diadème va tomber
au premier pas qu'elle fera sur la scène. Palpitante, indignée, nerveuse, les yeux pleins
de larmes, il faut paraître avec un sourire
céleste sur le visage ; il faut déployer une voix
pure, fraîche et sûre d'elle-même, lorsque
la gorge est serrée et le cœur prêt à se briser... Oh! toutes ces couronnes de fleurs qui

pleuvent sur la scène au moment du triomphe ont, en dessous des milliers d'épines.

Heureusement pour Consuelo, elle rencontra la Corilla , qui lui dit, en lui prenant la
main : « Viens dans ma loge ; la Tesi s'est
flattée de te jouer le même tour qu'elle me
jouait dans les commencements. Mais je
viendrai à ton secours, ne fût-ce que pour la
faire enrager ! c'est à charge de revanche,
au moins ! Au train dont tu y vas, Porporina,
je risque bien de te voir passer avant moi,
partout où j'aurai le malheur de te rencontrer. Tu oublieras sans doute alors la manière
dont je me conduis ici avec toi : tu ne te rap-
pelleras que le mal que je t'ai fait.

— Le mal que vous m'avez fait, Corilla ?
dit Consuelo en entrant dans la loge de sa rivale, et en commençant sa toilette derrière
un paravent, tandis que les habilleuses allemandes partageaient leurs soins entre les

deux cantatrices qui pouvaient s'entretenir
en vénitien sans être entendues. Vraiment je
ne sais quel mal vous m'avez fait ; je ne m'en
souviens plus.

— La preuve que tu me gardes rancune,
c'est que tu me dis *vous*, comme si tu étais
une duchesse et comme si tu me mépri-
sais.

— Eh bien, je ne me souviens pas que tu
m'aies fait du mal, reprit Consuelo surmon-
tant la répugnance qu'elle éprouvait à traiter familièrement une femme à qui elle res-
semblait si peu.

— Est-ce vrai ce que tu dis-là ? repartit
l'autre. As-tu oublié à ce point le pauvre
Zoto ?

— J'étais libre et maîtresse de l'oublier, je
l'ai fait, reprit Consuelo en attachant son
cothurne de reine avec ce courage et cette
liberté d'esprit que donne l'entrain du mé-

tier à certains moments : et elle fit une brillante roulade pour ne pas oublier de se tenir
en voix.

La Corilla riposta par une autre roulade
pour faire de même, puis elle s'interrompit
pour dire à sa soubrette : » Et par le sang du
diable, Mademoiselle, vous me serrez trop.
Croyez-vous habiller une poupée de Nurem-
berg ? Ces Allemandes, reprit-elle en dialecte, elles ne savent pas ce que c'est que des
épaules. Elles nous rendraient carrées comme
leurs douairières, si on se laissait faire. Porporina, ne te laisse pas empaqueter jusqu'aux
oreilles comme la dernière fois : c'était absurde.

—Ah ! pour cela, ma chère, c'est la consigne impériale. Ces dames le savent, et je ne
tiens pas à me révolter pour si peu de chose.

— Peu de chose ! nos épaules, peu de
chose !

— Je ne dis pas cela pour toi, qui as les
plus belles formes de l'univers; mais moi...

— Hypocrite ! dit Corilla en soupirant ; tu
as dix ans de moins que moi, et mes épaules ne se soutiendront bientôt plus que par
leur réputation.

— C'est toi qui es hypocrite, reprit Consuelo, horriblement ennuyée de ce genre de
conversation ; et pour l'interrompre, elle se
mit, tout en se coiffant , à faire des gammes
et des traits.

— Tais-toi, lui dit tout à coup Corilla, qui
l'écoutait malgré elle ; tu m'enfonces mille
poignards dans le gosier... Ah ! je te céderais
de bon cœur tous mes amants, je serais bien
sûre d'en trouver d'autres ; mais ta voix et ta
méthode, jamais je ne pourrai te les disputer. Tais-toi, car j'ai envie de t'étrangler. »

Consuelo qui vit bien que la Corilla ne
plaisantait qu'à demi, et que ces flatteries

railleuses cachaient une souffrance réelle, se
le tint pour dit ; mais au bout d'un instant,
celle-ci reprit : Comment fais tu ce trait-là ?

— Veux-tu le faire ? je te le cède, répondit Consuelo en riant, avec sa bonhomie admirable. Tiens, je vais te l'apprendre. Mets-
le dès ce soir dans quelque endroit de ton
rôle. Moi, j'en trouverai un autre.

— C'en sera un autre encore plus fort. Je
n'y gagnerai rien.

— Eh bien, je ne le ferai pas du tout. Aussi
bien le Porpora ne se soucie pas de ces choses
là, et ce sera un reproche de moins qu'il me
fera ce soir. Tiens, voilà mon trait. » Et tirant
de sa poche une ligne de musique écrite sur
un petit bout de papier plié, elle le passa par
dessus le paravent à Corilla, qui se mit à l'é-
tudier aussitôt. Consuelo l'aida, le lui chanta
plusieurs fois et finit par le lui apprendre.
Les toilettes allaient toujours leur train.

Mais avant que Consuelo eût passé sa robe, la Corilla écarta impétueusement le paravent et vint l'embrasser pour la remercier du sacrifice de son trait. Ce n'était pas un mouvement de reconnaissance bien sincère qui la poussait à cette démonstration. Il s'y mêlait un perfide désir de voir la taille de sa rivale en corset, afin de pouvoir trahir le secret de quelque imperfection. Mais Consuelo n'avait pas de corset. Sa ceinture, déliée comme un roseau, et ses formes chastes et nobles, n'empruntaient pas les secours de l'art. Elle pénétra l'intention de Corilla et sourit. Tu peux examiner ma personne et pénétrer mon cœur, pensa-t-elle, tu n'y trouveras rien de faux.

—Zingarella, lui dit la Corilla en reprenant malgré elle son air hostile et sa voix âpre, tu n'aimes donc plus du tout Anzoleto?

— Plus du tout, répondit Consuelo en riant.

— Et lui, il t'a beaucoup aimée?

— Pas du tout, reprit Consuelo avec la même assurance et le même détachement bien senti et bien sincère.

— C'est bien ce qu'il me disait! » s'écria la Corilla en attachant sur elle ses yeux bleus, clairs et ardents, espérant surprendre un regret et réveiller une blessure dans le passé de sa rivale.

Consuelo ne se piquait pas de finesse, mais elle avait celle des âmes franches, si forte quand elle lutte contre des desseins astucieux. Elle sentit le coup et y résista tranquillement. Elle n'aimait plus Anzoleto, elle ne connaissait pas la souffrance de l'amour-propre: elle laissa donc ce triomphe à la vanité de Corilla. « Il te disait la vérité, reprit-elle; il ne m'aimait pas.

— Mais toi, tu ne l'as donc jamais aimé ?
dit l'autre, plus étonnée que satisfaite de
cette concession. Consuelo sentit qu'elle ne
devait pas être franche à demi. Corilla voulait l'emporter, il fallait la satisfaire. Moi, répondit-elle, je l'ai beaucoup aimé.

— Et tu l'avoues ainsi ? tu n'as donc pas de
fierté, pauvre fille ?

— J'en ai eu assez pour me guérir.

— C'est à dire que tu as eu assez de philosophie pour te consoler avec un autre. Dis-
moi avec qui, Porporina. Ce ne peut être
avec ce petit Haydn, qui n'a ni sou ni maille !

— Ce ne serait pas une raison. Mais je ne
me suis consolée avec personne de la manière
dont tu l'entends.

— Ah ! je sais ! j'oubliais que tu as la pré-
tention... Ne dis donc pas de ces choses-là
ici, ma chère ; tu te feras tourner en ridicule.

— Aussi je ne les dirai pas sans qu'on m'interroge, et je ne me laisserai pas interroger par tout le monde. C'est une liberté que je t'ai laissé prendre, Corilla; c'est à toi de n'en pas abuser, si tu n'es pas mon ennemie.

— Vous êtes une masque! s'écria la Corilla. Vous avez de l'esprit, quoique vous fassiez l'ingénue. Vous en avez tant que je suis sur le point de vous croire aussi pure que je l'étais à douze ans. Pourtant cela est impossible. Ah! que tu es habile, Zingarella! Tu feras croire aux hommes tout ce que tu voudras.

— Je ne leur ferai rien croire du tout, car je ne leur permettrai pas de s'intéresser assez à mes affaires pour m'interroger.

— Ce sera le plus sage : ils abusent toujours de nos confessions, et ne les ont pas plus tôt arrachées, qu'ils nous humilient de

leurs reproches. Je vois que tu sais ton
affaire. Tu feras bien de ne pas vouloir inspirer de passions : comme cela, tu n'auras
pas d'embarras, pas d'orages ; tu agiras librement sans tromper personne. A visage découvert, on trouve plus d'amants et on fait
plus vite fortune. Mais il faut pour cela plus
de courage que je n'en ai ; il faut que personne ne te plaise et que tu ne te soucies
d'être aimée de personne, car on ne goûte
ces dangereuses douceurs de l'amour qu'à
force de précautions et de mensonges. Je
t'admire, Zingarella ! oui, je me sens frappée
de respect en te voyant, si jeune, triompher
de l'amour ; car la chose la plus funeste à
notre repos, à notre voix, à la durée de notre
beauté, à notre fortune, à nos succès, c'est
bien l'amour, n'est-ce pas? Oh ! oui, je le sais
par expérience. Si j'avais pu m'en tenir toujours à la froide galanterie, je n'aurais pas

tant souffert, je n'aurais pas perdu deux
mille sequins, et deux notes dans le haut.
Mais, vois-tu, je m'humilie devant toi; je
suis une pauvre créature, je suis née malheureuse. Toujours, au milieu de mes plus
belles affaires, j'ai fait quelque sottise qui a
tout gâté, je me suis laissée prendre à quelque folle passion pour quelque pauvre diable,
et adieu la fortune! J'aurais pu épouser Zustiniani dans un temps; oui, je l'aurais pu : il
m'adorait et je ne pouvais pas le souffrir;
j'étais maîtresse de son sort. Ce misérable
Anzoleto m'a plu... j'ai perdu ma position.
Allons, tu me donneras des conseils, tu seras
mon amie, n'est-ce pas ? Tu me préserveras
des faiblesses de cœur et des coups de tête.
Et, pour commencer... il faut que je t'a-
voue que j'ai une inclination depuis huit jours
pour un homme dont la faveur baisse singulièrement, et qui, avant peu, pourra être

plus dangereux qu'utile à la cour ; un homme
qui est riche à millions, mais qui pourrait
bien se trouver ruiné dans un tour de main.
Oui, je veux m'en détacher avant qu'il m'en-
traîne dans son précipice... Allons ! le diable
veut me démentir, car le voici qui vient ; je
l'entends, et je sens le feu de la jalousie me
monter au visage. Ferme bien ton paravent,
Porporina, et ne bouge pas : je ne veux pas
qu'il te voie. »

Consuelo se hâta de tirer avec soin le paravent. Elle n'avait pas besoin de l'avis pour
désirer de n'être pas examinée par les amants
de la Corilla. Une voix d'homme assez vibrante et juste, quoique privée de fraîcheur,
fredonnait dans les corridors. On frappa pour
la forme, et on entra sans attendre la réponse.

« Horrible métier ! pensa Consuelo. Non, je
ne me laisserai pas séduire par les enivrements

de la scène ; l'intérieur de la coulisse est trop
immonde. »

Et elle se cacha dans son coin, humiliée
de se trouver en pareille compagnie, indignée et consternée de la manière dont la
Corilla l'avait comprise, et plongeant pour
la première fois dans cet abîme de corrup-
tion dont elle n'avait pas encore eu l'idée.

6

En achevant sa toilette à la hâte, dans la crainte d'une surprise, elle entendit le dialogue suivant en italien :

— Que venez-vous faire ici? Je vous ai défendu d'entrer dans ma loge. L'impératrice nous a interdit, sous les peines les plus sé-

vères, d'y recevoir d'autres hommes que nos
camarades, et encore faut-il qu'il y ait nécessité urgente pour les affaires du théâtre.
Voyez à quoi vons m'exposez ! Je ne conçois
pas qu'on fasse si mal la police des loges.

— Il n'y a pas de police pour les gens qui
payent bien, ma toute belle. Il n'y a que les
pleutres qui rencontrent la résistance ou la
délation sur leur chemin. Allons, recevez-
moi un peu mieux, ou, par le corps du diable,
je ne reviendrai plus.

— C'est le plus grand plaisir que vous
puissiez me faire. Partez donc! Eh bien, vous
ne partez pas?

— Tu as l'air de le désirer de si bonne foi,
que je reste pour te faire enrager.

— Je vous avertis que je vais mander ici
le régisseur afin qu'il me débarrasse de
vous.

—Qu'il vienne s'il est las de vivre! j'y
consens.

— Mais êtes-vous insensé? Je vous dis que
vous me compromettez, que vous me faites
manquer au règlement récemment introduit
par ordre de Sa Majesté, que vous m'exposez
à une forte amende, à un renvoi peut-
être.

— L'amende, je me charge de la payer à
ton directeur en coups de canne. Quant à
ton renvoi, je ne demande pas mieux; je
t'emmène dans mes terres, où nous mènerons
joyeuse vie.

— Moi, suivre un brutal tel que vous?
jamais! Allons, sortons ensemble d'ici puisque vous vous obstinez à ne pas m'y laisser
seule.

— Seule? seule, ma charmante? C'est ce
dont je m'assurerai avant de vous quitter.
Voilà un paravent qui tient bien de la place

dans cette petite chambre. Il me semble que
si je le repoussais contre la muraille d'un bon
coup de pied, je vous rendrais service.

— Arrêtez ! Monsieur, arrêtez ! c'est une
dame qui s'habille là. Voulez-vous tuer ou
blesser une femme, brigand que vous êtes !

— Une femme ! Ah ! c'est bien différent ;
mais je veux voir si elle n'a pas une épée au
côté. »

Le paravent commença à s'agiter. Consuelo, qui était habillée entièrement, jeta
son manteau sur ses épaules, et tandis qu'on
ouvrait la première feuille du paravent, elle
essaya de pousser la dernière, afin de s'esqui-
ver par la porte qui n'en était qu'à deux
pas. Mais la Corilla, qui vit son mouvement,
l'arrêta en lui disant : Reste là, Porporina ;
s'il ne t'y trouvait pas, il serait capable de
croire que c'est un homme qui s'enfuit, et il
me tuerait. » Consuelo, effrayée, prit le parti

de se montrer; mais la Corilla qui s'était cramponnée au paravent, entre elle et son amant, l'en empêcha encore. Peut-être espérait-elle qu'en excitant sa jalousie, elle allume ait en lui assez de passion pour qu'il ne prît pas garde à la grâce touchante de sa rivale.

— Si c'est une dame qui est là, dit-il en riant, qu'elle me réponde. Madame, êtes-vous habillée? peut-on vous présenter ses hommages?

— Monsieur, répondit Consuelo sur un signe de la Corilla, veuillez garder vos hommages pour une autre, et me dispenser de les recevoir. Je ne suis pas visible.

— C'est-à-dire que c'est le bon moment pour vous regarder, dit l'amant de Corilla en faisant mine de pousser le paravent.

— Prenez garde à ce que vous allez faire, dit Corilla avec un rire forcé; si, au lieu d'une bergère en déshabillé, vous alliez trouver une duègne respectable ?

— Diable!... Mais non! sa voix est trop fraîche pour n'être pas âgée de vingt ans tout au plus ; et si elle n'était pas jolie, tu me l'aurais déjà montrée. »

Le paravent était très élevé, et malgré sa grande taille, l'amant ne pouvait regarder par dessus, à moins de jeter à bas tous les chiffons de Corilla qui encombraient les chaises ; d'ailleurs depuis qu'il ne pensait plus à s'alarmer de la présence d'un homme, le jeu l'amusait.

« Madame, cria-t-il, si vous êtes vieille et laide, ne dites rien, et je respecte votre asile ; mais parbleu, si vous êtes jeune et belle, ne vous laissez pas calomnier par la Corilla, et dites un mot pour que je force la consigne. »

Consuelo ne répondit rien. « Ah ! ma foi ! s'écria le curieux après un moment d'at-

tente, je n'en serai pas dupe ! Si vous étiez
vieille ou mal faite, vous ne vous rendriez
pas justice si tranquillement ; c'est parce que
vous êtes un ange que vous vous moquez de
mes doutes. Il faut, dans tous les cas, que je
vous voie ; car, ou vous êtes un prodige de
beauté capable d'inspirer des craintes à la
belle Corilla elle-même, ou vous êtes une
personne assez spirituelle pour avouer votre
laideur, et je serai bien aise de voir, pour la
première fois de ma vie, une laide femme
sans prétentions. »

Il prit le bras de Corilla avec deux doigts
seulement, et le fit plier comme un brin de
paille. Elle jeta un grand cri, prétendit qu'il
l'avait meurtrie, blessée ; il n'en tint compte,
et, ouvrant la feuille du paravent, il montra
aux regards de Consuelo l'horrible figure du
baron François de Trenck. Un habit de ville
des plus riches et des plus galants avait rem-

placé son sauvage costume de guerre; mais
à sa taille gigantesque et aux larges taches
d'un noir rougeâtre qui sillonnaient son visage basané, il était difficile de méconnaître
un seul instant l'intrépide et impitoyable
chef des pandoures.

Consuelo ne put retenir un cri d'effroi, et
retomba sur sa chaise en pâlissant. « N'ayez
pas peur de moi, madame, dit le baron en
mettant un genou en terre, et pardonnez-
moi une témérité dont il m'est impossible, en
vous regardant, de me repentir comme je
le devrais. Mais laissez-moi croire que c'était
par pitié pour moi (sachant bien que je ne
pourrais vous voir sans vous adorer) que
vous refusiez de vous montrer. Ne me don-
nez pas ce chagrin de penser que je vous
fais peur; je suis assez laid, j'en conviens.
Mais si la guerre a fait d'un assez joli garçon
une espèce de monstre, soyez sûre qu'elle

ne m'a pas rendu plus méchant pour cela.

— Plus méchant? cela était sans doute impossible ! répondit Consuelo, en lui tournant le dos.

— Oui-da ! répondit le baron, vous êtes une enfant bien sauvage, et votre nourrice vous aura fait des contes de vampire sur moi, comme les vieilles femmes de ce pays-ci n'y manquent point. Mais les jeunes me rendent plus de justice ; elle savent que si je suis un peu rude dans mes façons avec les ennemis de la patrie, je suis très facile à apprivoiser quand elles veulent s'en donner la peine. » Et, se penchant vers le miroir où Consuelo feignait de se regarder, il attacha sur elle ce regard à la fois voluptueux et féroce dont la Corilla avait subi la brutale fascination. Consuelo vit qu'elle ne pouvait se débarrasser de lui qu'en l'irritant. « Monsieur le baron, lui dit-elle, ce n'est pas de la peur que vous m'inspirez, c'est du dégoût et de l'aversion. Vous aimez à tuer, et moi je ne crains pas la mort; mais je hais les âmes sanguinaires, et je connais la vôtre. J'arrive de Bohême, et j'y ai trouvé la trace de vos pas. »

Le baron changea de visage, et dit en haussant les épaules et en se tournant vers la Corilla :

« Quelle diablesse est-ce là? La baronne de Lestock, qui m'a tiré un coup de pistolet à bout portant dans une rencontre, n'était pas plus enragée contre moi! Aurais-je écrasé son amant par mégarde en galopant sur quelque buisson? Allons, ma belle, calmez-vous; je voulais plaisanter avec vous. Si vous êtes d'humeur revêche, je vous salue; aussi bien je mérite cela pour m'être laissé distraire un moment de ma divine Corilla.

— Votre divine Corilla, répondit cette

dernière, se soucie fort peu de vos distrac-
tions, et vous prie de vous retirer ; car, dans
un instant, le directeur va venir faire sa tournée, et à moins que vous ne vouliez faire
une esclandre...

— Je m'en vais, dit le baron ; je ne veux
pas t'affliger et priver le public de la fraîcheur
de tes accents en te faisant verser quelques
larmes. Je t'attendrai avec ma voiture à la
sortie du théâtre après la représentation.
C'est entendu ? » Il l'embrassa bon gré mal
gré devant Consuelo et se retira.

Aussitôt la Corilla se jeta au cou de sa com-
pagne pour la remercier d'avoir si bien re-
poussé les fadeurs du baron. Consuelo dé-
tourna la tête ; la belle Corilla, toute souillée
du baiser de cet homme, lui causait presque
le même dégoût que lui. — Comment pou-
vez-vous être jalouse d'un être aussi repoussant ? lui dit-elle.

— Zingarella, tu ne t'y connais pas, répondit Corilla en souriant. Le baron plaît à des femmes plus haut placées et soi-disant plus vertueuses que nous. Sa taille est superbe, et son visage , bien que gâté par des cicatrices, a des agréments auxquels tu ne résisterais pas s'il se mettait en tête de te le faire trouver beau.

— Ah ! Corilla , ce n'est pas son visage qui me répugne le plus. Son ame est plus hideuse encore. Tu ne sais donc pas que son cœur est celui d'un tigre !

— Et voilà ce qui m'a tourné la tête ! répondit lestement la Corilla. Entendre les fadeurs de tous ces efféminés qui vous harcèlent , belle merveille en vérité ? Mais enchaîner un tigre, dominer un lion des forêts, le conduire en laisse ; faire soupirer, pleurer, rugir et trembler celui dont le regard met en fuite des armées entières, et dont un coup de sabre fait voler la tête d'un bœuf comme celle d'un pavot, c'est un plaisir plus âpre que tous ceux que j'ai connus. Anzoleto avait bien un peu de cela ; je l'aimais pour sa méchanceté, mais le baron est pire. L'autre était capable de battre sa maîtresse, celui-ci est capable de la tuer. Oh ! je l'aime davantage !

— Pauvre Corilla ! dit Consuelo en laissant tomber sur elle le regard d'une profonde pitié.

— Tu me plains de cet amour, et tu as raison ; mais tu aurais encore plus de raison si tu me l'enviais. J'aime mieux que tu m'en plaignes, après tout, que de me le disputer.

— Sois tranquille ! dit Consuelo.

—*Signora, si va cominciar !* cria l'avertisseur à la porte.

— *Commencez !* cria une voix de stentor à

l'étage supérieur occupé par les salles des choristes.

— *Commencez!* répéta une autre voix lugubre et sourde au bas de l'escalier qui donnait sur le fond du théâtre ; et les dernières syllabes, passant comme un écho affaibli de coulisse en coulisse, aboutirent en mourant jusqu'au souffleur, qui le traduisit au chef d'orchestre en frappant trois coups sur le plancher. Celui-ci frappa à son tour de son archet sur le pupitre, et, après cet instant de recueillement et de palpitation qui précède le début de l'ouverture, la symphonie prit son élan et imposa silence dans les loges comme au parterre.

Dès le premier acte de *Zénobie*, Consuelo produisit cet effet complet, irrésistible, que Haydn lui avait prédit la veille. Les plus grands talents n'ont pas tous les jours un triomphe infaillible sur la scène ; même en supposant que

leurs forces n'aient pas un instant de défaillance, tous les rôles, toutes les situations ne
sont pas propres au développement de leurs
facultés les plus brillantes. C'était la première fois que Consuelo rencontrait ce rôle
et ces situations où elle pouvait être elle-
même et se manifester dans sa candeur, dans
sa force, dans sa tendresse et dans sa pureté,
sans faire un travail d'art et d'attention pour
s'identifier à un personnage inconnu. Elle
put oublier ce travail terrible, s'abandonner
à l'émotion du moment, s'inspirer tout à
coup de mouvements pathétiques et profonds
qu'elle n'avait pas eu le temps d'étudier et
qui lui furent révélés par le magnétisme
d'un auditoire sympathique. Elle y trouva
un plaisir indicible; et, ainsi qu'elle l'a-
vait éprouvé en moins à la répétition, ainsi
qu'elle l'avait sincèrement exprimé à Joseph, ce ne fut pas le triomphe que lui dé-

cerna le public qui l'enivra de joie, mais bien
le bonheur de réussir à se manifester, la
certitude victorieuse d'avoir atteint dans son
art un moment d'idéal. Jusque-là elle s'était
toujours demandé avec inquiétude si elle
n'eût pas pu tirer meilleur parti de ses
moyens et de son rôle. Cette fois, elle sentit
qu'elle avait révélé toute sa puissance, et,
presque sourde aux clameurs de la foule, elle
s'applaudit elle-même dans le secret de sa
conscience.

Après le premier acte, elle resta dans la
coulisse pour écouter l'intermède où Corilla
était charmante, et pour l'encourager par
des éloges sincères. Mais, après le second
acte, elle sentit le besoin de prendre un instant de repos et remonta dans la loge. Le
Porpora, occupé ailleurs, ne l'y suivit pas, et
Joseph, qui, par un secret effet de la protection impériale, avait été subitement admis

à faire une partie de violon dans l'orchestre, resta à son poste comme on peut
croire.

Consuelo entra donc seule dans la loge de
Corilla, dont cette dernière venait de lui remettre la clef, y prit un verre d'eau, et se
jeta pour un instant sur le sofa. Mais tout à
coup le souvenir du pandoure Trenck lui causa
une sorte de frayeur, et elle courut fermer la
porte sur elle à double tour. Il n'y avait pourtant guère d'apparence qu'il vint la tourmenter. Il avait été se mettre dans la salle au
lever du rideau, et Consuelo l'avait distingué
à un balcon, parmi ses plus fanatiques admirateurs. Il était passionné pour la musique ;
né et élevé en Italie, il en parlait la langue
aussi harmonieusement qu'un Italien véritable, chantait agréablement, et « s'il ne fût né
avec d'autres ressources, il eût pu faire for-

tune au théâtre, » à ce que prétendent ses biographes.

Mais quelle terreur s'empara de Consuelo, lorsqu'en retournant au sofa, elle vit le fatal paravent s'agiter et s'entr'ouvrir pour faire apparaître le maudit pandoure.

Elle s'élança vers la porte; mais Trenck y fut avant elle, et s'appuyant le dos contre la serrure :

« Un peu de calme, ma charmante, lui dit-il avec un affreux sourire. Puisque vous partagez cette loge avec la Corilla, il faut bien vous accoutumer à y rencontrer l'amant de cette belle, et vous ne pouviez pas ignorer qu'il avait une double clef dans sa poche. Vous êtes venue vous jeter dans la caverne du lion... Oh ! ne songez pas à crier ! Personne ne viendrait. On connaît la présence d'esprit de Trenck, la force de son poignet, et le peu de cas qu'il fait de la vie des sots. Si

on le laisse pénétrer ici, en dépit de la consigne impériale, c'est qu'apparemment il n'y
a pas, parmi tous vos baladins, un homme
assez hardi pour le regarder en face. Voyons,
qu'avez-vous à pâlir et à trembler ? Êtes-vous
donc si peu sûre de vous que vous ne puissiez écouter trois paroles sans perdre la tête ?
Ou bien croyez-vous que je sois homme à
vous violenter et à vous faire outrage ? Ce
sont des contes de vieille femme qu'on vous
a faits là, mon enfant. Trenck n'est pas si
méchant qu'on le dit, et c'est pour vous en
convaincre qu'il veut causer un instant avec
vous.

— Monsieur, je ne vous écouterai point
que vous n'ayez ouvert cette porte, répondit Consuelo en s'armant de résolution. A ce
prix, je consentirai à vous laisser parler.
Mais si vous persistez à me renfermer avec
vous ici, je croirai que cet homme si brave

et si fort doute de lui-même, et craint d'affronter mes camarades les baladins.

— Ah ! vous avez raison, dit Trenck en ouvrant la porte toute grande ; et, si vous ne
craignez pas de vous enrhumer, j'aime mieux
avoir de l'air que d'étouffer dans le musc
dont la Corilla remplit cette petite chambre.
Vous me rendez service. » En parlant ainsi il
revint s'emparer des deux mains de Consuelo,
la força de s'asseoir sur le sofa, et se mit à
ses genoux sans quitter ses mains qu'elle ne
pouvait lui disputer sans entamer une lutte
puérile, funeste peut-être à son honneur ; car
le baron semblait attendre et provoquer la
résistance qui réveillait ses instincts violents
et lui faisait perdre tout scrupule et tout respect. Consuelo le comprit et se résigna à la
honte d'une transaction douteuse. Mais une
larme qu'elle ne put retenir tomba lentement sur sa joue pâle et morne. Le baron la

vit, et, au lieu d'être attendri et désarmé, il laissa une joie ardente et cruelle jaillir de ses paupières sanglantes, éraillées et mises à vif par la brûlure.

— Vous êtes bien injuste pour moi, lui dit-il avec une voix dont la douceur caressante trahissait une satisfaction hypocrite. Vous me haïssez sans me connaître, et vous ne voulez pas écouter ma justification. Moi, je ne puis me résigner sottement à votre aversion. Il y a une heure, je ne m'en souciais pas; mais depuis que j'ai entendu la divine Porporina, depuis que je l'adore, je sens qu'il faut vivre pour elle, ou mourir de sa main.

— Épargnez vous cette ridicule comédie... dit Consuelo indignée.

— Comédie? interrompit le baron; tenez, dit-il en tirant de sa poche un pistolet chargé qu'il arma lui-même et qu'il lui présenta : Vous allez garder cette arme dans une de

vos belles mains, et, si je vous offense malgré moi en vous parlant, si je continue à
vous être odieux, tuez-moi si bon vous semble. Quant à cette autre main, je suis résolu
à la retenir tant que vous ne m'aurez pas
permis de la baiser. Mais je ne veux devoir
cette faveur qu'à votre bonté, et vous me
verrez la demander et l'attendre patiemment
sous le canon de cette arme meurtrière que
vous pouvez tourner vers moi quand mon
obsession vous deviendra insupportable . »

En effet, Trenck mit le pistolet dans la
main droite de Consuelo, et lui retint de force
la main gauche, en demeurant à ses genoux
avec une confiance de fatuité incomparable.
Consuelo se sentit bien forte dès cet instant,
et, plaçant le pistolet de manière à s'en servir
au premier danger, elle lui dit en souriant :
« Vous pouvez parler, je vous écoute. »
Comme elle disait cela, il lui sembla entendre

des pas dans le corridor et voir l'ombre d'une personne qui se dessinait déjà devant la porte. Mais cette ombre s'effaça aussitôt, soit que la personne eût retourné sur ses pas, soit que cette frayeur de Consuelo fût imaginaire. Dans la situation où elle se trouvait, et n'ayant plus à craindre qu'un scandale, l'approche de toute personne indifférente ou secourable lui faisait plus de peur que d'envie; si elle gardait le silence, le baron, surpris à ses genoux, avec la porte ouverte, ne pouvait manquer de paraître effrontément en bonne fortune auprès d'elle; si elle appelait, si elle criait au secours, le baron tuerait certainement le premier qui entrerait. Cinquante traits de ce genre ornaient le mémorial de sa vie privée, et les victimes de ses passions n'en passaient pas pour moins faibles ou moins souillées. Dans cette affreuse alternative, Consuelo ne pouvait que désirer

une prompte explication, et espérer de son
propre courage qu'elle mettrait Trenck à la
raison sans qu'aucun témoin pût commenter
et interpréter à son gré cette scène bizarre.

Il comprit une partie de sa pensée, et alla
pousser la porte, mais sans la fermer entièrement. « Vraiment, madame, lui dit-il en
revenant vers elle, ce serait folie de vous
exposer à la méchanceté des passants, et il
faut que cette querelle se termine entre nous
deux seulement. Écoutez-moi ; je vois vos
craintes, et je comprends les scrupules de
votre amitié pour Corilla. Votre honneur,
votre réputation de loyauté me sont plus
chers encore que les moments précieux où
je vous contemple sans témoins. Je sais bien
que cette panthère, dont j'étais épris encore
il y a une heure, vous accuserait de trahison
si elle me surprenait à vos pieds. Elle n'aura
pas ce plaisir : les moments sont comptés.

Elle en a encore pour dix minutes à divertir le public par ses minauderies, J'ai donc le temps de vous dire que si je l'ai aimée, je ne m'en souviens déjà pas plus que de la première pomme que j'ai cueillie ; ainsi ne craignez pas de lui enlever un cœur qui ne lui appartient plus, et d'où rien ne pourra effacer désormais votre image. Vous seule, madame, régnez sur moi et pouvez disposer de ma vie. Pourquoi hésiteriez-vous ? Vous avez, dit-on, un amant; je vous en débarrasserai avec une chiquenaude. Vous êtes gardée à vue par un vieux tuteur sombre et jaloux; je vous enlèverai à sa barbe, Vous êtes traversée au théâtre par mille intrigues ; le public vous adore, il est vrai; mais le public est un ingrat qui vous abandonnera au premier enrouement que vous aurez. Je suis immensément riche, et je puis faire de vous une princesse, presque une reine, dans une

contrée sauvage, mais où je puis vous bâ-
tir, en un clin-d'œil, des palais et des théâ-
tres plus beaux et plus vastes que ceux de
la cour de Vienne. S'il vous faut un public,
d'un coup de baguette j'en ferai sortir de
terre, un aussi dévoué, aussi soumis, aussi fidèle que celui de Vienne l'est peu. Je ne suis pas
beau, je le sais ; mais les cicatrices qui or-
nent mon visage sont plus respectables et
plus glorieuses que le fard qui couvre les joues
blêmes de vos histrions. Je suis dur à mes
esclaves et implacable à mes ennemis ; mais
je suis doux pour mes bons serviteurs, et
ceux que j'aime nagent dans la joie, dans la
gloire et dans l'opulence. Enfin, je suis parfois violent ; on vous a dit vrai. On n'est pas
brave et fort comme je le suis, sans aimer à
faire usage de sa puissance, quand la vengeance et l'orgueil vous y convient. Mais une
femme pure, timide, douce et charmante

comme vous l'êtes, peut dompter ma force, enchaîner ma volonté, et me tenir sous ses pieds
comme un enfant. Essayez seulement; fiez-
vous à moi dans le mystère pendant quelque
temps et, quand vous me connaîtrez, vous
verrez que vous pouvez me remettre le soin
de votre avenir et me suivre en Esclavonie.
Vous souriez! vous trouvez que ce nom ressemble à celui d'esclavage. C'est moi, céleste
Porporina, qui serai ton esclave. Regarde-
moi et accoutume-toi à cette laideur que ton
amour pourrait embellir. Dis un mot, et tu
verras que les yeux rouges de Trenck l'Autrichien peuvent verser des larmes de tendresse
et de joie, aussi bien que les beaux yeux de
Trenck le Prussien, ce cher cousin que
j'aime, quoique nous ayons combattu dans
des rangs ennemis, et qui ne t'a pas été indifférent, à ce qu'on assure. Mais ce Trenck
est un enfant; et, celui qui te parle, jeune

encore (il n'a que trente-quatre ans, quoique son visage sillonné de la foudre en
accuse le double), a passé l'âge des caprices, et t'assurera de longues années de
bonheur. Parle, parle, dis oui, et tu verras
que la passion peut me transfigurer et faire
un Jupiter rayonnant de Trenck à la gueule
brûlée. Tu ne me réponds pas ? une touchante
pudeur te fait hésiter encore ? Eh bien ! ne dis
rien, laisse-moi baiser ta main, et je m'éloigne
plein de confiance et de bonheur. Vois si je
suis un brutal et un tigre tel qu'on m'a dépeint ! Je ne te demande qu'une innocente
faveur, et je l'implore à genoux, moi qui, de
mon souffle, pouvais te terrasser et connaître encore, malgré ta haine, un bonheur
dont les dieux eussent été jaloux ! »

Consuelo examinait avec surprise cet
homme affreux qui séduisait tant de femmes. Elle étudiait cette fascination qui, en

effet, eût été irrésistible en dépit de la laideur, si c'eût été la figure d'un homme de bien, animé de la passion d'un homme de cœur ; mais ce n'était que la laideur d'un volupteux effréné, et sa passion n'était que le don quichottisme d'une présomption impertinente.

— Avez-vous tout dit, monsieur le baron ? lui demanda-t-elle avec tranquillité ; mais tout à coup elle rougit et pâlit en regardant une poignée de gros brillants, de perles énormes et de rubis d'un grand prix que le despote slave venait de jeter sur ses genoux. Elle se leva brusquement et fit rouler par terre toutes ces pierreries que la Corilla devait ramasser.

« Trenck, lui dit-elle avec la force du mépris et de l'indignation, tu es le dernier des lâches avec toute ta bravoure. Tu n'as jamais combattu que des agneaux et des bi-

ches, et tu les as égorgés sans pitié. Si un
homme véritable s'était retourné contre toi,
tu te serais enfui comme un loup féroce et
poltron que tu es. Tes glorieuses cicatrices,
je sais que tu les as reçues dans une cave, où
tu cherchais l'or des vaincus au milieu des
cadavres. Tes palais et ton petit royaume,
c'est le sang d'un noble peuple auquel le des-
potisme impose un compatriote tel que toi,
qui les a payés ; c'est le denier arraché à la
veuve et à l'orphelin ; c'est l'or de la trahison ; c'est le pillage des églises où tu feins de
te prosterner et de réciter le chapelet (car tu
es cagot, pour compléter toutes tes grandes
qualités). Ton cousin, Trenck le Prussien, que
tu chéris si tendrement, tu l'as trahi et tu as
voulu le faire assassiner ; ces femmes dont tu
as fait la gloire et le bonheur, tu les avais vio-
lées après avoir égorgé leurs époux et leurs
pères. Cette tendresse que tu viens d'impro-

viser pour moi, c'est le caprice d'un libertin blâsé. Cette soumission chevaleresque qui t'a fait remettre ta vie dans mes mains, c'est la vanité d'un sot qui se croit irrésistible ; et cette légère faveur que tu me demandes, ce serait une souillure dont je ne pourrais me laver que par le suicide. Voilà mon dernier mot, pandoure à la gueule brûlée ! Ote-toi de devant mes yeux, fuis ! car si tu ne laisses ma main, que depuis un quart d'heure tu glaces dans la tienne, je vais purger la terre d'un scélérat en te faisant sauter la tête.

— C'est là ton dernier mot, fille d'enfer ? s'écria Trenck ; eh bien, malheur à toi ! le pistolet que je dédaigne de faire sauter de ta main tremblante n'est chargé que de poudre ; une petite brûlure de plus ou de moins ne fait pas grand'peur à celui qui est à l'épreuve du feu. Tire ce pistolet, fais du bruit, c'est

tout ce que je désire! Je serai content d'a-
voir des témoins de ma victoire ; car maintenant rien ne peut te soustraire à mes em-
brassements, et tu as allumé en moi, par ta
folie, des feux que tu eusses pu contenir
avec un peu de prudence. »

En parlant ainsi Trenck saisit Consuelo
dans ses bras , mais au même instant la porte
s'ouvrit; un homme dont la figure était entièrement masquée par un crêpe noir noué
derrière la tête, étendit la main sur le pandoure, le fit plier et osciller comme un roseau
battu par le vent, et le coucha rudement
par terre. Ce fut l'affaire de quelques secon-
des, Trenck, étourdi d'abord, se releva, et,
les yeux hagards, la bouche écumante, l'épée
à la main, s'élança vers son ennemi qui gagnait la porte et semblait fuir. Consuelo s'é-
lança aussi sur le seuil, croyant reconnaître,
dans cet homme déguisé, la taille élevée et

le bras robuste du comte Albert. Elle le vit reculer jusqu'au bout du corridor, où un escalier tournant fort rapide descendait vers la rue. Là, il s'arrêta, attendit Trenck, se baissa rapidement pendant que l'épée du baron allait frapper la muraille, et le prenant à bras le corps, le précipita par dessus ses épaules, la tête la première, dans l'escalier. Consuelo entendit rouler le géant, elle voulut courir vers son libérateur en l'appelant Albert; mais il avait disparu avant qu'elle eût eu la force de faire trois pas. Un affreux silence régnait sur l'escalier. — *Signora, cinque-minuti* (1) *!* lui dit d'un air paterne l'avertisseur en débusquant par l'escalier du théâtre qui aboutissait au même palier. Comment cette porte se trouve-t-elle ouverte? ajouta-t-il en regardant la porte de l'escalier où Trenck avait été précipité; vraiment Votre Seigneu-

(1) On va commencer dans cinq minutes.

rie courait risque de s'enrhumer dans ce corridor! » il tira la porte qu'il ferma à clef,
suivant sa consigne, et Consuelo, plus morte
que vive, rentra dans la loge, jeta par la fenêtre le pistolet qui était resté sur le sofa,
repoussa du pied sous les meubles les pierreries de Trenck qui brillaient sur le tapis,
et se rendit sur le théâtre où elle trouva Corilla encore toute rouge et toute essoufflée du
triomphe qu'elle venait d'obtenir dans l'intermède.

7

Malgré l'agitation convulsive qui s'était emparée de Consuelo, elle se surpassa encore dans le troisième acte. Elle ne s'y attendait pas; elle n'y comptait plus; elle entrait sur le théâtre avec la résolution désespérée d'échouer avec honneur, en se voyant tout

à coup privée de sa voix et de ses moyens au
milieu d'une lutte courageuse. Elle n'avait
pas peur : mille sifflets n'eussent rien été au
prix du danger et de la honte auxquels elle
venait d'échapper par une sorte d'intervention miraculeuse. Un autre miracle suivit celui-là ; le bon génie de Consuelo semblait
veiller sur elle : elle eut plus de voix qu'elle
n'en avait jamais eu ; elle chanta avec plus
de *maestria*, et joua avec plus d'énergie et
de passion qu'il ne lui était encore arrivé.
Tout son être était exalté à sa plus haute
puissance ; il lui semblait bien, à chaque instant, qu'elle allait se briser comme une
corde trop tendue ; mais cette excitation fébrile la transportait dans une sphère fantastique : elle agissait comme dans un rêve, et
s'étonnait d'y trouver les forces de la réalité.

Et puis une pensée de bonheur la ranimait

à chaque crainte de défaillance. Albert, sans aucun doute, était là. Il était à Vienne depuis la veille au moins. Il l'observait, il suivait tous ses mouvements, il veillait sur elle; car à quel autre attribuer le secours imprévu qu'elle venait de recevoir, et la force presque surnaturelle dont il fallait qu'un homme fût doué pour terrasser François de Trenck, l'Hercule esclavon ? Et si, par une de ces bizarreries dont son caractère n'offrait que trop d'exemples, il refusait de lui parler, s'il semblait vouloir se dérober à ses regards, il n'en était pas moins évident qu'il l'aimait toujours ardemment, puisqu'il la protégeait avec tant de sollicitude, et la préservait avec tant d'énergie.

Eh bien, pensa Consuelo, puisque Dieu permet que mes forces ne me trahissent pas, je veux qu'il me voie belle dans mon rôle, et que, du coin de la salle d'où sans doute il m'observe en cet instant, il jouisse d'un triomphe que je ne dois ni à la cabale ni au charlatanisme.

Tout en se conservant à l'esprit de son rôle, elle le chercha des yeux, mais elle ne le put découvrir ; et lorsqu'elle rentrait dans les coulisses, elle l'y cherchait encore, avec aussi peu de succès. Où pouvait-il être ? où se cachait-il ? avait-il tué le pandoure sur le coup, en le jetant au bas de l'escalier ? Était-il forcé de se dérober aux poursuites ? allait-il venir lui demander asile auprès du Porpora ? le retrouverait-elle, cette fois, en rentrant à l'ambassade ? Ces perplexités disparaissaient dès qu'elle rentrait en scène : elle oubliait alors, comme par un effet magique, tous les détails de sa vie réelle, pour ne plus sentir qu'une vague attente, mêlée d'enthousiasme, de frayeur, de gratitude et d'espoir. Et tout cela était dans son rôle, et se manifestait en

accents admirables de tendresse et de vérité.

Elle fut rappelée après la fin; et l'impératrice lui jeta, la première, de sa loge, un
bouquet où était attaché un présent assez estimable. La cour et la ville suivirent l'exemple de la souveraine en lui envoyant une
pluie de fleurs. Au milieu de ces palmes em-
baumées, Consuelo vit tomber à ses pieds
une branche verte, sur laquelle ses yeux s'at-
tachèrent involontairement. Dès que le rideau fut baissé pour la dernière fois, elle la
ramassa. C'était une branche de cyprès.
Alors toutes les couronnes du triomphe dis-
parurent de sa pensée, pour ne lui laisser à
contempler et à commenter que cet em-
blème funèbre, un signe de douleur et d'é-
pouvante, l'expression, peut-être, d'un dernier adieu. Un froid mortel succéda à la fièvre de l'émotion; une terreur insurmonta-

ble fit passer un nuage devant ses yeux. Ses
jambes se dérobèrent, et on l'emporta
défaillante dans la voiture de l'ambassadeur
de Venise, où le Porpora chercha en vain
à lui arracher un mot. Ses lèvres étaient
glacées; et sa main pétrifiée tenait, sous son
manteau, cette branche de cyprès, qui semblait avoir été jetée sur elle par le vent de la
mort.

En descendant l'escalier du théâtre, elle
n'avait pas vu des traces de sang; et, dans
la confusion de la sortie, peu de personnes
les avait remarquées. Mais tandis qu'elle re-
gagnait l'ambassade, absorbée dans de sombres méditations, une scène assez triste se
passait à huit clos dans le foyer des acteurs.
Peu de temps avant la fin du spectacle, les
employés du théâtre, en rouvrant toutes les
portes, avaient trouvé le baron de Trenck
évanoui au bas de l'escalier et baigné dans

son sang. On l'avait porté dans une des salles réservées aux artistes; et, pour ne pas faire d'éclat et de confusion, on avait averti, sous main, le directeur, le médecin du théâtre et les officiers de police, afin qu'ils vinssent constater le fait. Le public et la troupe évacuèrent donc la salle et le théâtre sans savoir l'évènement, tandis que les gens de l'art, les fonctionnaires impériaux et quelques témoins compatissants s'efforçaient de secourir et d'interroger le pandoure. La Corilla, qui attendait la voiture de son amant, et qui avait envoyé plusieurs fois sa soubrette s'informer de lui, fut prise d'humeur et d'impatience, et se hasarda à descendre elle-même, au risque de s'en retourner à pied. Elle rencontra M. Holzbauer, qui connaissait ses relations avec Trenck, et qui la conduisit au foyer où elle trouva son amant avec la tête fendue et le corps tellement endolori de contusions, qu'il

ne pouvait faire un mouvement. Elle remplit l'air de ses gémissements et de ses plaintes. Holzbauer fit sortir les témoins inutiles,
et ferma les portes. La cantatrice, interro-
gée, ne put rien dire et rien présumer pour
éclaircir l'affaire. Enfin Trenck, ayant un peu
repris ses esprits, déclara qu'étant venu dans
l'intérieur du théâtre sans permission, pour
voir de près les danseuses, il avait voulu se
hâter de sortir avant la fin; mais que, ne
connaissant pas les détours du labyrinthe,
le pied lui avait manqué sur la première
marche de ce maudit escalier. Il était tombé
brusquement et avait roulé jusqu'en bas. On
se contenta de cette explication, et on le re-
porta chez lui, où la Corilla l'alla soigner
avec un zèle qui lui fit perdre la faveur du
prince Kaunitz, et par suite la bienveillance
de Sa Majesté; mais elle en fit hardiment le
sacrifice, et Trenck, dont le corps de fer avait

résisté à des épreuves plus rudes, en fut quitte pour huit jours de courbature et une cicatrice de plus à la tête. Il ne se vanta à personne de sa mésaventure, et se promit seulement de la faire payer cher à Consuelo. Il l'eût fait cruellement sans doute, si un mandat d'arrêt ne l'eût arraché brusquement des bras de Corilla pour le jeter dans la prison militaire, à peine rétabli de sa chute et grelotant encore la fièvre (1). Ce qu'une sourde rumeur publique avait annoncé au chanoine commençait à se réaliser. Les richesses du pandoure avait allumé chez des hommes influents et d'habiles créatures, une

(1) La vérité historique exige que nous disions aussi par quelles bravades Trenck provoqua ce traitement inhumain. Dès le premier jour de son arrivée à Vienne, il avait été mis aux arrêts à son domicile par ordre impérial. Il n'en avait pas moins été se montrer à l'Opéra le soir même, et dans un entr'acte. il avait voulu jeter le comte Gossau dans le parterre.

soif ardente, inextinguible. Il en fut la victime mémorable. Accusé de tous les crimes
qu'il avait commis et de tous ceux que lui
prêtèrent les gens intéressés à sa perte, il
commença à endurer les lenteurs, les vexa-
tions, les prévarications impudentes, les in-
justices raffinées d'un long et scandaleux procès. Avare, malgré son ostentation, et fier,
malgré ses vices, il ne voulut pas payer le
zèle de ses protecteurs ou acheter la conscience de ses juges. Nous le laisserons
jusqu'à nouvel ordre dans la prison, où s'é-
tant porté à quelque violence, il eut la douleur de se voir enchaîné par un pied. Honte
et infamie! ce fut précisément le pied qui
avait été brisé d'un éclat de bombe dans une
de ses plus belles actions militaires. Il avait
subi la scarification de l'os gangrené, et, à
peine rétabli, il était remonté à cheval pour
reprendre son service avec une fermeté hé-

roïque. On scella un anneau de fer et une lourde chaîne sur cette affreuse cicatrice. La blessure se rouvrit, et il supporta de nouvelles tortures, non plus pour servir Marie-Thérèse, mais pour l'avoir trop bien servie. La grande reine , qui n'avait pas été fâchée de lui voir pressurer et déchirer cette malheureuse et dangereuse Bohême, rempart peu assuré contre l'ennemi, à cause de son antique haine nationale, *le roi* Marie-Thérèse, qui, n'ayant plus besoin des crimes de Trenck et des excès des Pandoures pour s'affermir sur le trône, commençait à les trouver monstrueux et irrémissibles, fut censée ignorer ces barbares traitements ; de même que le grand Frédéric fut censé ignorer les féroces recherches de cruauté, les tortures de l'inanition et les soixante-huit livres de fers dont fut martyrisé, un peu plus tard, l'autre baron de Trenck, son beau page, son brillant offi-

cier d'ordonnance, le sauveur et l'ami de
notre Consuelo. Tous les flatteurs qui nous
ont transmis légèrement le récit de ces abo-
minables histoires en ont attribué l'odieux à
des officiers subalternes, à des commis obscurs, pour en laver la mémoire des souverains ; mais ces souverains, si mal instruits
des abus de leurs geôles, savaient si bien, au
contraire, ce qui s'y passait, que Frédéric-le-
Grand donna en personne le dessin des fers
que Trenck le Prussien porta neuf ans dans
son sépulcre de Magdebourg ; et si Marie-
Thérèse n'ordonna pas précisément qu'on
enchaînât Trenck l'Autrichien son valeureux
pandoure par le pied mutilé, elle fut toujours sourde à ses plaintes, inaccessible à ses
révélations. D'ailleurs, dans la honteuse orgie
que ses gens firent des richesses du vaincu,
elle sut fort bien prélever la part du lion et
refuser justice à ses héritiers.

Revenons à Consuelo, car il est de nôtre devoir de romancier de passer rapidement sur les détails qui tiennent à l'histoire. Cependant nous ne savons pas le moyen d'isoler absolument les aventures de notre héroïne des faits qui se passèrent dans son temps et sous ses yeux. En apprenant l'infortune du pandoure, elle ne songea plus aux outrages dont il l'avait menacée, et, profondément révoltée de l'iniquité de son sort, elle aida Corilla à lui faire passer de l'argent, dans un moment où on lui refusait les moyens d'adoucir la rigueur de sa captivité. La Corilla, plus prompte encore à dépenser l'argent qu'à l'acquérir, se trouvait justement à sec le jour où un émissaire de son amant vint en secret lui réclamer la somme nécessaire. Consuelo fut la seule personne à laquelle cette fille, dominée par l'instinct de la confiance et de l'estime, osât recourir. Consuelo vendit aussitôt le cadeau que l'impératrice lui avait jeté sur la scène à la fin de *Zénobie*, et en remit le prix à sa camarade, en l'approuvant de ne point abandonner le malheureux Trenck dans sa détresse. Le zèle et le courage que mit la Corilla à servir son amant tant qu'il lui fut possible, jusqu'à s'entendre amiablement à cet égard avec une baronne qui était sa maîtresse en titre, et dont elle était mortellement jalouse, rendirent une sorte d'estime à Consuelo pour cette créature corrompue, mais non perverse, qui avait encore de bons mouvements de cœur et des élans de générosité désintéressée. « Prosternons-nous devant l'œuvre de Dieu, disait-elle à Joseph qui lui reprochait quelquefois d'avoir trop d'abandon avec cette Corilla. L'âme humaine conserve toujours dans ses égarements quelque chose de bon et de grand où l'on sent avec respect, et où l'on

retrouve avec joie cette empreinte sacrée
qui est comme le sceau de la main divine.
Là où il y a beaucoup à plaindre, il y a beaucoup à pardonner ; et là où l'on trouve à
pardonner, sois certain, bon Joseph, qu'il y
a quelque chose à aimer. Cette pauvre Corilla, qui vit à la manière des bêtes, a encore
parfois les traits d'un ange. Va, je sens qu'il
faut que je m'habitue, si je reste artiste, à
contempler sans effroi et sans colère ces
turpitudes douloureuses où la vie des femmes
perdues s'écoule entre le désir du bien et
l'appétit du mal, entre l'ivresse et le remords. Et même, je te l'avoue, il me semble
que le rôle de sœur de charité convient
mieux à la santé de ma vertu qu'une vie plus
épurée et plus douce, des relations plus
glorieuses et plus agréables, le calme des
êtres forts, heureux et respectés. Je sens que
mon cœur est fait comme le paradis du ten-

dre Jésus, où il y aura plus de joie et d'accueil pour un pécheur converti que pour cent justes triomphants. Je le sens fait pour compatir, plaindre, secourir et consoler. Il me semble que le nom que ma mère m'a donné au baptême m'impose ce devoir et cette destinée. Je n'ai pas d'autre nom, Beppo ! La société ne m'a pas imposé l'orgueil d'un nom de famille à soutenir ; et si, au dire du monde, je m'avilis en cherchant quelques parcelles d'or pur au milieu de la fange des mauvaises mœurs d'autrui, je n'ai pas de compte à rendre au monde. J'y suis la Consuelo, rien de plus ; et c'est assez pour la fille de la Rosmunda ; car la Rosmunda était une pauvre femme dont on parlait plus mal encore que de la Corilla, et, telle qu'elle était, je devais et je pouvais l'aimer. Elle n'était pas respectée comme Marie-Thérèse, mais elle n'eût pas fait attacher Trenck par le pied pour le faire mourir dans les tortures et s'emparer de son argent. La Corilla ne l'eût pas fait non plus ; et pourtant, au lieu de se battre pour elle, ce Trenck, qu'elle aide dans son malheur, l'a bien souvent battue. Joseph ! Joseph ! Dieu est un plus grand empereur que tous les nôtres ; et peut-être bien, puisque Madeleine a chez lui un tabouret de duchesse à côté de la Vierge sans tache, la Corilla aura-t-elle le pas sur Marie-Thérèse pour entrer à cette cour-là. Quant à moi, dans ces jours que j'ai à passer sur la terre, je t'avoue que, s'il me fallait quitter les âmes coupables et malheureuses pour m'asseoir au banquet des justes dans la prospérité morale, je croirais n'être plus dans le chemin de mon salut. Oh ! le noble Albert l'entendait bien comme moi, et ce ne serait pas lui qui me blâmerait d'être bonne pour Corilla. »

Lorsque Consuelo disait ces choses à son

ami Beppo, quinze jours s'étaient écoulés depuis la soirée de *Zenobie* et l'aventure du
baron de Trenck. Les six représentations
pour lesquelles on l'avait engagée avaient eu
lieu. Madame Tesi avait reparu au théâtre.
L'impératrice travaillait le Porpora en dessous main par l'ambassadeur Corner, et faisait toujours du mariage de Consuelo avec
Haydn la condition de l'engagement définitif
de cette dernière au théâtre impérial, après
l'expiration de celui de la Tesi. Joseph ignorait tout, Consuelo ne pressentait rien. Elle
ne songeait qu'à Albert qui n'avait pas reparu, et dont elle ne recevait point de nouvelles. Elle roulait dans son esprit mille con-
jectures et mille décisions contraires. Ces
perplexités et le choc de ces émotions l'a-
vaient rendue un peu malade. Elle gardait la
chambre depuis qu'elle en avait fini avec le
théâtre, et contemplait sans cesse cette

branche de cyprès qui lui semblait avoir
été enlevée à quelque tombe dans la grotte
du Schreckenstein.

Beppo, seul ami à qui elle pût ouvrir son
cœur, avait d'abord voulu la dissuader de
l'idée qu'Albert était venu à Vienne. Mais
lorsqu'elle lui eut montré la branche de cyprès, il rêva profondément à tout ce mystère,
et finit par croire à la part du jeune comte
dans l'aventure de Trenck. « Écoute, lui dit-
il, je crois avoir compris ce qui se passe. Albert est venu à Vienne effectivement. Il t'a
vue, il t'a écoutée, il a observé toutes tes
démarches, il a suivi tous tes pas. Le jour où
nous causions sur la scène, le long du décor
de l'Araxe, il a pu être de l'autre côté de cette
toile et entendre les regrets que j'exprimais
de te voir enlevée au théâtre au début de ta
gloire. Toi-même tu as laissé échapper je ne
sais quelles exclamations qui ont pu lui faire

penser que tu préférais l'éclat de ta carrière
à la tristesse solennelle de son amour. Le lendemain, il t'a vue entrer dans cette chambre
de Corilla, où peut-être, puisqu'il était là
toujours en observation, il avait vu entrer le
pandoure quelques instants auparavant. Le
temps qu'il a mis à te secourir prouverait
presque qu'il te croyait là de ton plein gré, et
ce sera donc après avoir succombé à la ten-
tation d'écouter à la porte, qu'il aura compris l'imminence de son intervention.

— Fort bien, dit Consuelo ; mais pourquoi
agir avec mystère ? pourquoi se cacher la
figure d'un crêpe ?

— Tu sais comme la police autrichienne
est ombrageuse. Peut-être a-t-il été l'objet
de méchants rapports à la cour ; peut-être
avait-il des raisons de politique pour se cacher ; peut-être son visage n'était-il pas inconnu à Trenck. Qui sait si, durant les der-

nières guerres, il ne l'a pas vu en Bohême,
s'il ne l'a pas affronté, menacé? s'il ne lui a
pas fait lâcher prise lorsqu'il avait la main
sur quelque innocent? Le comte Albert a pu
faire obscurément de grands actes de courage et d'humanité dans son pays, tandis
qu'on le croyait endormi dans sa grotte du
Schreckenstein : et s'il les a faits, il est certain qu'il n'aura pas songé à te les raconter,
puisqu'il est, à ton dire, le plus humble et le
plus modeste des hommes. Il a donc agi sagement en ne châtiant pas le pandoure à
visage découvert; car si l'impératrice punit
le pandoure aujourd'hui pour avoir dévasté sa
chère Bohême, sois sûre qu'elle n'en est pas
plus disposée pour cela à laisser impunie dans
le passé une résistance ouverte contre le
pandoure de la part d'un Bohémien.

— Tout ce que tu dis est fort juste, Joseph, et me donne à penser. Mille inquiétu-

des s'élèvent en moi maintenant. Albert peut avoir été reconnu, arrêté, et cela peut avoir été aussi ignoré du public que la chute de Trenck dans l'escalier. Hélas! peut-être est-il, en cet instant, dans les prisons de l'arsenal, à côté du cachot de Trenck! Et c'est pour moi qu'il subit ce malheur!

— Rassure-toi, je ne crois pas cela. Le comte Albert aura quitté Vienne sur-le-champ, et tu recevras bientôt de lui une lettre datée de Riesenburg.

— En as-tu le pressentiment, Joseph?

— Oui, je l'ai. Mais si tu veux que je te dise toute ma pensée, je crois que cette lettre sera toute différente de celle que tu attends. Je suis convaincu que, loin de persister à obtenir d'une généreuse amitié le sacrifice que tu voulais lui faire de ta carrière d'artiste, il a renoncé déjà à ce mariage, et va bientôt te rendre ta liberté. S'il est intelli-

gent, noble et juste, comme tu le dis, il doit
se faire un scrupule de t'arracher au théâtre, que tu aimes passionnément... ne le nie
pas! Je l'ai bien vu, et il a dû le voir et le
comprendre aussi bien que moi, en écoutant
Zénobie. Il rejettera donc un sacrifice au dessus de tes forces, et je l'estimerais peu s'il ne
le faisait pas.

— Mais relis donc son dernier billet! Tiens,
le voilà, Joseph! Ne me disait-il pas qu'il
m'aimerait au théâtre aussi bien que dans le
monde ou dans un couvent? Ne pouvait-il
admettre l'idée de me laisser libre en m'é-
pousant?

— Dire et faire, penser et être sont deux.
Dans le rêve de la passion, tout semble possible; mais quand la réalité frappe tout à coup
nos yeux, nous revenons avec effroi à nos
anciennes idées. Jamais je ne croirai qu'un
homme de qualité voie sans répugnance

son épouse exposée aux caprices et aux outrages d'un parterre. En mettant le pied,
pour la première fois de sa vie certainement,
dans les coulisses, le comte a eu, dans la
conduite de Trenck envers toi, un triste
échantillon des malheurs et des dangers de ta
vie de théâtre. Il se sera éloigné, désespéré,
il est vrai, mais guéri de sa passion et revenu
de ses chimères. Pardonne-moi si je te parle
ainsi, ma sœur Consuelo. Je le dois ; car
c'est un bien pour toi que l'abandon du comte
Albert. Tu le sentiras plus tard, quoique tes
yeux se remplissent de larmes en ce moment. Sois juste envers ton fiancé, au lieu
d'être humiliée de son changement. Quand
il te disait que le théâtre ne lui répugnait
point, il s'en faisait un idéal qui s'est écroulé
au premier examen. Il a reconnu alors qu'il
devait faire ton malheur en t'en arrachant,
ou consommer le sien en t'y suivant.

— Tu as raison, Joseph. Je sens que tu es dans le vrai ; mais laisse-moi pleurer. Ce n'est point l'humiliation d'être délaissée et dédaignée qui me serre le cœur : c'est le regret à un idéal que je m'étais fait de l'amour et de sa puissance, comme Albert s'était fait un idéal de ma vie de théâtre. Il a reconnu maintenant que je ne pouvais me conserver digne de lui (du moins dans l'opinion des hommes) en suivant ce chemin-là. Et moi je suis forcée de reconnaître que l'amour n'est pas assez fort pour vaincre tous les obstacles et abjurer tous les préjugés.

— Sois équitable, Consuelo, et ne demande pas plus que tu n'as pu accorder. Tu n'aimais pas assez pour renoncer à ton art sans hésitation et sans déchirement : ne trouve pas mauvais que le comte Albert n'ait pas pu rompre avec le monde sans épouvante et sans consternation.

— Mais, quelleque fût ma secrète douleur, (je puis bien l'avouer maintenant), j'é-
tais résolue à lui sacrifier tout ; et lui, au contraire...

— Songe que la passion était en lui, non
en toi. Il demandait avec ardeur ; tu consen-
tais avec effort. Il voyait bien que tu allais
t'immoler ; il a senti, non-seulement qu'il
avait le droit de te débarrasser d'un amour
que tu n'avais pas provoqué, et dont ton
âme ne reconnaissait pas la nécessité, mais
encore qu'il était obligé par sa conscience à
le faire.

Cette raisonnable conclusion convainquit
Consuelo de la sagesse et de la générosité
d'Albert. Elle craignait, en s'abandonnant à
la douleur, de céder aux suggestions de l'orgueil blessé, et, en acceptant l'hypothèse de
Joseph, elle se soumit et se calma ; mais, par
une bizarrerie bien connue du cœur humain,

elle ne se vit pas plutôt libre de suivre son
goût pour le théâtre, sans distraction et sans
remords, qu'elle se sentit effrayée de son
isolement au milieu de toute cette corrup-
tion, et consternée de l'avenir de fatigues et
de luttes qui s'ouvrait devant elle. La scène
est une arène brûlante; quand on y est, on
s'y exalte, et toutes les émotions de la vie
paraissent froides et pâles en comparaison;
mais quand on s'en éloigne brisé de lassi-
tude, on s'effraie d'avoir subi cette épreuve
du feu, et le désir qui vous y ramène est tra-
versé par l'épouvante. Je m'imagine que
l'acrobate est le type de cette vie pénible,
ardente et périlleuse. Il doit éprouver un
plaisir nerveux et terrible sur ces cordes et
ces échelles où il accomplit des prodiges au
dessus des forces humaines; mais lorsqu'il
en est descendu vainqueur, il doit se sentir

défaillir à l'idée d'y remonter, et d'étreindre
encore une fois la mort et le triomphe, spectre à deux faces qui plane incessamment sur
sa tête.

Alors le château des Géants, et jusqu'à la
pierre d'épouvante, ce cauchemar de toutes
ses nuits, apparurent à Consuelo, à travers
le voile d'un exil consommé, comme un paradis perdu, comme le séjour d'une paix et
d'une candeur à jamais augustes et respectables dans son souvenir. Elle attacha la
branche de cyprès, dernière image, dernier
envoi de la grotte Hussitique, aux pieds du
crucifix de sa mère, et, confondant ensemble
ces deux emblèmes du catholicisme et de
l'hérésie, elle éleva son cœur vers la notion
de la religion unique, éternelle, absolue.
Elle y puisa le sentiment de la résignation à
ses maux personnels, et de la foi aux des-

seins providentiels de Dieu sur Albert, et sur
tous les hommes, bons et mauvais, qu'il lui
fallait désormais traverser seule et sans
guide.

8

Un matin, le Porpora l'appela dans sa chambre plus tôt que de coutume. Il avait l'air rayonnant, et il tenait une grosse et grande lettre d'une main, ses lunettes de l'autre. Consuelo tressaillit et trembla de tout son corps, s'imaginant que c'était enfin

la réponse de Riesenburg. Mais elle fut bientôt détrompée : c'était une lettre d'Hubert, le
Porporino. Ce chanteur célèbre annonçait à
son maître que toutes les conditions propo-
sées par lui pour l'engagement de Consuelo
étaient acceptées, et il lui envoyait le contrat
signé du baron de Poelnitz, directeur du
théâtre royal de Berlin, et n'attendant plus
que la signature de Consuelo et la sienne. A
cet acte était jointe une lettre fort affectueuse
et fort honorable dudit baron, qui engageait
le Porpora à venir briguer la maîtrise de chapelle du roi de Prusse tout en faisant ses
preuves par la production et l'exécution d'autant d'opéras et de fugues nouvelles qu'il lui
plairait d'en apporter. Le Porporino se ré-
jouissait d'avoir à chanter bientôt, selon son
cœur, avec une *sœur en Porpora*, et invitait
vivement le maître à quitter Vienne pour

Sans-Souci, le délicieux séjour de Frédéric-
le-Grand.

Cette lettre mettait le Porpora en grande
joie, et cependant elle le remplissait d'incertitude. Il lui semblait que la fortune commençait à dérider pour lui sa face si longtemps rechignée, et que, de deux côtés, la
faveur des monarques (alors si nécessaire
au développement des artistes) lui offrait
une heureuse perspective. Frédéric l'appelait à Berlin ; à Vienne, Marie-Thérèse lui
faisait faire de belles promesses. Des deux
parts, il fallait que Consuelo fût l'instrument
de sa victoire ; à Berlin, en faisant beaucoup
valoir ses productions ; à Vienne en épousant
Joseph Haydn.

Le moment était donc venu de remettre
son sort entre les mains de sa fille adoptive.
Il lui proposa le mariage ou le départ, à son
choix ; et, dans ces nouvelles circonstances,

il mit beaucoup moins d'ardeur à lui offrir le
cœur et la main de Beppo qu'il en eût mis
la veille encore. Il était un peu las de Vienne,
et la pensée de se voir apprécié et fêté chez
l'ennemi lui souriait comme une petite vengeance dont il s'exagérait l'effet probable
sur la cour d'Autriche. Enfin, à tout prendre,
Consuelo ne lui parlant plus d'Albert depuis
quelque temps et lui paraissant y avoir renoncé, il aimait mieux qu'elle ne se mariât
pas du tout.

Consuelo eût bientôt mis fin à ses incer-
titudes en lui déclarant qu'elle n'épouserait
jamais Joseph Haydn par beaucoup de raisons, et d'abord parce qu'il ne l'avait jamais
recherchée en mariage, étant engagé avec
la fille de son bienfaiteur, Anna Keller. « En
ce cas, dit le Porpora, il n'y a pas à balan-
cer. Voici ton contrat d'engagement avec
Berlin. Signe, et disposons-nous à partir ;

car il n'y a pas d'espoir pour nous ici, si tu
ne te soumets à la *matrimoniomanie* de l'impératrice. Sa protection est à ce prix, et un
refus décisif va nous rendre à ses yeux plus
noirs que les diables.

— Mon cher maître, répondit Consuelo
avec plus de fermeté qu'elle n'en avait encore montré au Porpora, je suis prête à vous
obéir dès que ma conscience sera en repos
sur un point capital. Certains engagements
d'affection et d'estime sérieuse me liaient au
seigneur de Rudolstadt. Je ne vous cacherai
pas que, malgré votre incrédulité, vos reproches et vos railleries, j'ai persévéré, depuis trois mois que nous sommes ici, à me
conserver libre de tout engagement contraire à ce mariage. Mais, après une lettre
décisive que j'ai écrite il y a six semaines, et
qui a passé par vos mains, il s'est passé des
choses qui me font croire que la famille de

Rudolstadt a renoncé à moi. Chaque jour
qui s'écoule me confirme dans la pensée que
ma parole m'est rendue et que je suis libre
de vous consacrer entièrement mes soins et
mon travail. Vous voyez que j'accepte cette
destinée sans regret et sans hésitation. Cependant, d'après cette lettre que j'ai écrite,
je ne pourrais pas être tranquille avec moi-
même si je n'en recevais pas la réponse. Je
l'attends tous les jours, elle ne peut plus tar-
der. Permettez-moi de ne signer l'engagement avec Berlin qu'après la réception
de.....

— Eh! ma pauvre enfant, dit le Porpora,
qui, dès le premier mot de son élève, avait
dressé ses batteries préparées à l'avance, tu
attendrais longtemps! la réponse que tu demandes m'a été adressée depuis un mois...

— Et vous ne me l'avez pas montrée?
s'écria Consuelo; et vous m'avez laissée dans

une telle incertitude? Maître, tu es bien bizarre! Quelle confiance puis-je avoir en toi, si tu me trompes ainsi?

— En quoi t'ai-je trompée? La lettre m'était adressée, et il m'était enjoint de ne te la montrer que lorsque je te verrais guérie de ton fol amour, et disposée à écouter la raison et les bienséances.

— Sont-ce là les termes dont on s'est servi? dit Consuelo en rougissant. Il est impossible que le comte Christian ou le comte Albert aient qualifié ainsi une amitié aussi calme, aussi discrète, aussi fière que la mienne.

— Les termes n'y font rien, dit le Porpora; les gens du monde parlent toujours un beau langage, c'est à nous de le comprendre; tant il y a que le vieux comte ne se souciait nullement d'avoir une bru dans les coulisses; et que, lorsqu'il a su que tu avais paru ici sur les planches, il a fait renoncer son fils à l'avilissement d'un tel mariage. Le bon Albert s'est fait une raison, et on te rend ta parole. Je vois avec plaisir que tu n'en es pas fâchée. Donc, tout est pour le mieux, et en route pour la Prusse!

— Maître, montrez-moi cette lettre, dit Consuelo, et je signerai le contrat aussitôt après.

— Cette lettre, cette lettre! pourquoi veux-tu la voir? elle te fera de la peine. Il est de certaines folies du cerveau qu'il faut savoir pardonner aux autres et à soi-même. Oublie tout cela.

— On n'oublie pas par un seul acte de la volonté, reprit Consuelo; la réflexion nous aide, et les causes nous éclairent. Si je suis repoussée des Rudolstadt avec dédain, je serai bientôt consolée; si je suis rendue à la liberté avec estime et affection, je serai

consolée autrement avec moins d'effort.
Montrez moi la lettre; que craignez-vous,
puisque d'une manière ou de l'autre je vous
obéirai?

— Eh bien! je vais te la montrer, dit le
malicieux professeur en ouvrant son secré-
taire, et en feignant de chercher la lettre. Il
ouvrit tous ses tiroirs, remua toutes ses pa-
perasses, et cette lettre, qui n'avait jamais
existé, put bien ne pas s'y trouver. Il feignit
de s'impatienter; Consuelo s'impatienta tout
de bon. Elle mit elle-même la main à la recherche; il la laissa faire. Elle renversa tous
les tiroirs, elle bouleversa tous les papiers.
La lettre fut introuvable. Le Porpora essaya
de se la rappeler, et improvisa une version
polie et décisive. Consuelo ne pouvait pas
soupçonner son maître d'une dissimulation
si soutenue. Il faut croire, pour l'honneur
du vieux professeur, qu'il ne s'en tira pas

merveilleusement ; mais il.en fallait peu pour
persuader un esprit aussi candide que celui
de Consuelo. Elle finit par croire que la lettre avait servi à allumer la pipe du Porpora
dans un moment de distraction ; et, après
être rentrée dans sa chambre pour faire sa
prière, et jurer sur le cyprès une éternelle
amitié au comte Albert *quand même,* elle revint tranquillement signer un engagement
de deux mois avec le théâtre de Berlin, exé-
cutable à la fin de celui où l'on venait d'entrer. C'était le temps plus que nécessaire
pour les préparatifs du départ et pour le
voyage. Quand Porpora vit l'encre fraîche sur
le papier, il embrassa son élève, et la salua
solennellement du titre d'artiste. « Ceci est
ton jour de confirmation, lui dit-il, et s'il
était en mon pouvoir de te faire prononcer
des vœux, je te dicterais celui de renoncer
pour toujours à l'amour et au mariage ; car

te voilà prêtesse du dieu de l'harmonie; les
Muses sont vierges, et celle qui se consacre à
Apollon devrait faire le serment des vestales.

— Je ne dois pas faire le serment de ne
pas me marier, répondit Consuelo, quoiqu'il
me semble en ce moment-ci que rien ne me
serait plus facile à promettre et à tenir. Mais
je puis changer d'avis, et j'aurais à me repentir alors d'un engagement que je ne saurais
pas rompre.

— Tu es donc esclave de ta parole, toi?
Oui, il me semble que tu diffères en cela du
reste de l'espèce humaine, et que si tu avais
fait dans ta vie une promesse solennelle, tu
l'aurais tenue.

— Maître, je crois avoir déjà fait mes
preuves, car depuis que j'existe, j'ai toujours été sous l'empire de quelque vœu. Ma
mère m'avait donné le précepte et l'exemple
de cette sorte de religion qu'elle poussait jus-

qu'au fanatisme. Quand nous voyagions ensemble, elle avait coutume de me dire, aux approches des grandes villes : Consuelita, si je fais ici de bonnes affaires, je te prends à témoin que je fais vœu d'aller pieds nus prier pendant deux heures à la chapelle le plus en réputation de sainteté dans le pays. Et quand elle avait fait ce qu'elle appelait de bonnes affaires, la pauvre âme ! c'est-à-dire quand elle avait gagné quelques écus avec ses chansons, nous ne manquions jamais d'accomplir notre pélerinage, quelque temps qu'il fît, et à quelque distance que fût la chapelle en vogue. Ce n'était pas de la dévotion bien éclairée ni bien sublime ; mais enfin, je regardais ces vœux comme sacrés ; et quand ma mère, à son lit de mort, me fit jurer de n'appartenir jamais à Anzoleto qu'en légitime mariage, elle savait bien qu'elle pouvait mourir tranquille sur la foi de mon serment. Plus tard, j'avais fait aussi, au comte Albert, la promesse de ne point songer à un autre qu'à lui, et d'employer toutes les forces de mon cœur à l'aimer comme il le voulait. Je n'ai pas manqué à ma parole, et s'il ne m'en dégageait lui-même aujourd'hui, j'aurais bien pu lui rester fidèle toute ma vie.

— Laisse là ton comte Albert, auquel tu ne dois plus songer; et puisqu'il faut que tu sois sous l'empire de quelque vœu, dis-moi par lequel tu vas t'engager envers moi.

— Oh! maître, fie-toi à ma raison, à mes bonnes mœurs et à mon dévouement pour toi! ne me demande pas de serments; car c'est un joug effrayant qu'on s'impose. La peur d'y manquer ôte le plaisir qu'on a à bien penser et à bien gir.

— Je ne me paie pas de ces defaites-là, moi! reprit le Porpora d'un air moitié sévère, moitié enjoué : je vois que tu as fait des se r

ments à tout le monde, excepté à moi. Passe pour celui que ta mère avait exigé. Il t'a porté bonheur, ma pauvre enfant! sans lui, tu serais peut-être tombée dans les piéges de cet infâme Anzoleto. Mais, puisque ensuite tu as pu faire, sans amour et par pure bonté d'âme, des promesses si graves à ce Rudolstadt qui n'était pour toi qu'un étranger, je trouverais bien méchant que dans un jour comme celui-ci, jour heureux et mémorable où tu es rendue à la liberté et fiancée au dieu de l'art, tu n'eusses pas le plus petit vœu à faire pour ton vieux professeur, pour ton meilleur ami.

— Oh oui, mon meilleur ami, mon bienfaiteur, mon appui et mon père! s'écria Consuelo en se jetant avec effusion dans les bras du Porpora qui était si avare de tendres paroles, que deux ou trois fois dans sa vie seulement il lui avait montré à cœur ou-

vert son amour paternel. Je puis bien faire,
sans terreur et sans hésitation, le vœu de
me dévouer à votre bonheur et à votre gloire, tant que j'aurai un souffle de vie.

— Mon bonheur, c'est la gloire, Consuelo, tu le sais, dit le Porpora en la pressant
sur son cœur. Je n'en conçois pas d'autre.
Je ne suis pas de ces vieux bourgeois allemands qui ne rêvent d'autre félicité que
d'avoir leur petite fille auprès d'eux pour
charger leur pipe ou pétrir leur gâteau. Je
n'ai besoin ni de pantoufles, ni de tisane,
Dieu merci ; et quand je n'aurai plus besoin
que de cela, je ne consentirai pas à ce que
tu me consacres tes jours comme tu le fais
déjà avec trop de zèle maintenant. Non, ce
n'est pas là le dévouement que je te demande, tu le sais bien ; celui que j'exige, c'est
que tu sois franchement artiste, une grande
artiste ! Me promets-tu de l'être ? de com-

battre cette langueur , cette irrésolution ,
cette sorte de dégoût que tu avais ici dans
les commencements? de repousser les fleu-
rettes de ces beaux seigneurs qui recher-
chent les femmes de théâtre, ceux-ci parce
qu'ils se flattent d'en faire de bonnes ména-
gères, et qui les plantent là dès qu'ils voient
en elle une vocation contraire ; ceux-là parce
qu'ils sont ruinés et que le plaisir de retrouver un carosse et une bonne table aux frais
de leurs lucratives moitiés les font passer
par-dessus le déshonneur attaché dans leur
caste à ces sortes d'alliances? Voyons! me
promets-tu encore de ne point te laisser
tourner la tête par quelque petit ténor à voix
grasse et à cheveux bouclés, comme ce drôle
d'Anzoleto qui n'aura jamais de mérite que
dans ses mollets, et de succès que par son
impudence?

— Je vous promets , je vous jure tout

cela solennellement, répondit Consuelo en riant avec bonhommie des exhortations du Porpora, toujours un peu piquantes en dépit de lui-même, mais auxquelles elle était parfaitement habituée. Et je fais plus, ajouta-t-elle en reprenant son sérieux : je jure que vous n'aurez jamais à vous plaindre d'un jour d'ingratitude dans ma vie.

— Ah cela ! je n'en demande pas tant ! répondit-il d'un ton amer : c'est plus que l'humaine nature ne comporte. Quand tu seras une cantatrice renommée chez toutes les nations de l'Europe, tu auras des besoins de vanité, des ambitions, des vices de cœur dont aucun grand artiste n'a jamais pu se défendre. Tu voudras du succès à tout prix. Tu ne te résigneras pas à le conquérir patiemment, ou à le risquer pour rester fidèle, soit à l'amitié, soit au culte du vrai beau. Tu céderas au joug de la mode comme ils font

tous; dans chaque ville tu chanteras la musique en faveur, sans tenir compte du mauvais goût du public ou de la cour. Enfin tu
feras ton chemin et tu seras grande malgré
cela, puisqu'il n'y a pas moyen de l'être autrement aux yeux du grand nombre. Pourvu
que tu n'oublies pas de bien choisir et de
bien chanter quand tu auras à subir le juge-
gement d'un petit comité de vieilles têtes
comme moi, et que devant le grand Hændel
ou le vieux Bach, tu fasses honneur à la méthode du Porpora et à toi-même, c'est tout ce
que je demande, tout ce que j'espère! Tu vois
que je ne suis pas un père égoïste, comme
quelques-uns de tes flatteurs m'accusent
sans doute de l'être. Je ne te demande rien
qui ne soit pour ton succès et pour ta gloire.

— Et moi, je ne me soucie de rien de ce
qui est pour mon avantage personnel, répondit Consuelo attendrie et affligée. Je puis

me laisser emporter au milieu d'un succès
par une ivresse involontaire ; mais je ne puis
pas songer de sang-froid à édifier toute une
vie de triomphe pour m'y couronner de mes
propres mains. Je veux avoir de la gloire
pour vous, mon maître; en dépit de votre incrédulité , je veux vous montrer que c'est
pour vous seul que Consuelo travaille et voyage; et pour vous prouver tout de suite que
vous l'avez calomniée, puisque vous croyez
à ses serments, je vous fais celui de prouver ce que j'avance.

— Et sur quoi jures-tu cela? dit le Porpora avec un sourire de tendresse où la méfiance perçait encore.

— Sur les cheveux blancs, sur la tête sacrée du Porpora, » répondit Consuelo., en
prenant cette tête blanche dans ses deux
mains, et la baisant au front avec ferveur.

Ils furent nterrompus par le com te Ho —

ditz, qu'un grand heiduque vint annoncer.
Ce laquais, en demandant pour son maître
la permission de présenter ses respects au
Porpora et à sa pupille, regarda cette dernière d'un air d'attention, d'incertitude et
d'embarras qui surprit Consuelo, sans qu'elle
se souvînt pourtant où elle avait vu cette
bonne figure un peu bizarre. Le comte fut
admis, et il présenta sa requête dans les
termes les plus courtois. Il partait pour sa
seigneurie de Roswald, en Moravie, et, voulant rendre ce séjour agréable à la margrave
son épouse, il préparait, pour la surprendre
à son arrivée, une fête magnifique. En conséquence, il proposait à Consuelo d'aller
chanter pendant trois soirées consécutives à
Roswald, et il désirait même que le Porpora
voulût bien l'accompagner pour l'aider à diriger les concerts, spectacles et sérénades dont
il comptait régaler madame la margrave.

Le Porpora allégua l'engagement qu'on
venait de signer et l'obligation de se trouver
à Berlin à jour fixe. Le comte voulut voir
l'engagement, et comme le Porpora avait
toujours eu à se louer de ses bons procédés,
il lui procura le petit plaisir d'être mis dans
la confidence de cette affaire, de commenter
l'acte, de faire l'entendu, de donner des conseils : après quoi Hoditz insista sur sa demande, représentant qu'on avait plus de
temps qu'il n'en fallait pour y satisfaire sans
manquer au terme assigné. « Vous pouvez
achever vos préparatifs en trois jours, dit-il,
et aller à Berlin par la Moravie. » Ce n'était
pas tout à fait le chemin ; mais, au lieu de
faire lentement la route par la Bohême, dans
un pays mal servi et récemment dévasté par
la guerre, le Porpora et son élève se rendraient très promptement et très commo-
dément à Roswvald dans une bonne voiture

que le comte mettait à leur disposition ainsi
que les relais, c'est-à-dire qu'il se chargeait des
embarras et des dépenses. Il se chargeait encore de les faire conduire de même de Roswald
à Pardubitz, s'ils voulaient descendre l'Elbe
jusqu'à Dresde, ou à Chrudim s'ils voulaient
passer par Prague. Les commodités qu'il leur
offrait jusque-là abrégeaient effectivement
la durée de leur voyage, et la somme assez ron-
de qu'il y ajoutait donnait les moyens de faire
le reste plus agréablement. Porpora accepta,
malgré la petite mine que lui faisait Consuelo
pour l'en dissuader. Le marché fut conclu, et le
départ fixé au dernier jour de la semaine.

Lorsque après lui avoir respectueusement
baisé la main, Hoditz eut laissé Consuelo
seule avec son maître, elle reprocha à celui-ci de s'être laissé gagner si facilement.
Quoiqu'elle n'eût plus rien à redouter des
impertinences du comte, elle lui en gardait

un peu de ressentiment, et n'allait pas chez
lui avec plaisir. Elle ne voulait pas raconter
au Porpora l'aventure de Passaw ; mais elle
lui rappela les plaisanteries que lui-même
avait faites sur les inventions musicales du
comte Hoditz. « Ne voyez-vous pas, lui dit-
elle, que je vais être condamnée à chanter
sa musique , et que vous, vous serez forcé
de diriger sérieusement des cantates et peut-
être même des opéras de sa façon ? Est-ce
ainsi que vous me faites tenir mon vœu de
rester fidèle au culte du beau ?

— Bast ! répondit le Porpora en riant, je
ne ferai pas cela si gravement que tu penses ;
je compte au contraire, m'en divertir copieusement, sans que le patricien Maestro s'en
aperçoive le moins du monde. Faire ces
choses-là sérieusement et devant un public
respectable, sera en effet un blasphème et
une honte ; mais il est permis de s'amuser, et

l'artiste serait bien malheureux si, en gagnant
sa vie, il n'avait pas le droit de rire dans sa
barbe de ceux qui la lui font gagner. D'ailleurs, tu verras là ta princesse de Culmbach,
que tu aimes et qui est charmante. Elle rira
avec nous, quoiqu'elle ne rie guère, de la
musique de son beau-père. »

Il fallut céder, faire les paquets, les em-
plettes nécessaires et les adieux. Joseph
était au désespoir. Cependant une bonne
fortune, une grande joie d'artiste venait de
lui arriver et faisait un peu compensation,
ou tout au moins diversion forcée à la douleur de cette séparation. En jouant sa sérénade sous la fenêtre de l'excellent mime
Bernadone, l'arlequin renommé du théâtre
de la porte de Carinthie, il avait frappé d'é-
tonnement et de sympathie cet artiste aimable et intelligent. On l'avait fait monter, on
lui avait demandé de qui était ce trio agréable

et original. On s'était émerveillé de sa jeunesse et de son talent. Enfin on lui avait
confié, séance tenante, le poème d'un ballet
intitulé le *Diable Boiteux*, dont il commençait à écrire la musique. Il travaillait à cette
tempête qui lui coûta tant de soins, et dont le
souvenir faisait rire encore le bonhomme
Haydn à quatre-vingts ans. Consuelo chercha
à le distraire de sa tristesse, en lui parlant
toujours de sa tempête, que Bernadone voulait terrible, et que Beppo, n'ayant jamais vu
la mer, ne pouvait réussir à se peindre. Consuelo lui décrivait l'Adriatique en fureur et
lui chantait la plainte des vagues, non sans
rire avec lui de ces effets d'harmonie imitative, aidés de celui des toiles bleues qu'on se-
coue d'une coulisse à l'autre à force de bras.
« Ecoute, lui dit le Porpora pour le tirer de
peine, tu travaillerais cent ans avec les plus
beaux instruments du monde et les plus

exactes connaissances des bruits de l'onde et
du vent, que tu ne rendrais pas l'harmonie sublime de la nature. Ceci n'est pas le fait de la
musique. Elle s'égare puérilement quand elle
court après les tours de force et les effets de
sonorité. Elle est plus grande que cela ; elle
a l'émotion pour domaine. Son but est de
l'inspirer, comme sa cause est d'être inspirée
par elle. Songe donc aux impressions de
l'homme livré à [la tourmente ; figure-toi un
spectacle affreux, magnifique, terrible, un
danger imminent : place-toi, musicien, c'est-
à-dire voix humaine, plainte humaine, âme
vivante et vibrante, au milieu de cette détresse, de ce désordre, de cet abandon et de
ces épouvantes ; rends tes angoisses, et l'auditoire, intelligent ou non, les partagera. Il
s'imaginera voir la mer, entendre les craque-
ments du navire, les cris des matelots, le
désespoir des passagers. Que dirais-tu d'un

poète, qui, pour peindre une bataille, te dirait en vers que le canon faisait *boum, boum,*
et le tambour *plan, plan?* Ce serait pourtant
de l'harmonie imitative plus exacte que de
grandes images ; mais ce ne serait pas de la
poésie. La peinture elle-même, cet art de
description par excellence, n'est pas un art
d'imitation servile. L'artiste retracerait en
vain le vert sombre de la mer, le ciel noir de
l'orage, la carcasse brisée du navire. S'il n'a
le sentiment pour rendre la terreur et la poésie de l'ensemble, son tableau sera sans couleur, fût-il aussi éclatant qu'une enseigne à
bière. Ainsi, jeune homme, émeus-toi à l'i-
dée d'un grand désastre, c'est ainsi que tu le
rendras émouvant pour les autres. »

Il lui répétait encore paternellement ces
exhortations, tandis que la voiture, attelée
dans la cour de l'ambassade, recevait les
paquets de voyage. Joseph écoutait attenti-

vement ses leçons, les buvant à la source,
pour ainsi dire : mais lorsque Consuelo, en
mantelet et en bonnet fourré, vint se jeter à
son cou, il pâlit, étouffa un cri, et ne pouvant se résoudre à la voir monter en voiture,
il s'enfuit et alla cacher ses sanglots au fond
de l'arrière-boutique de Keller. Métastase le
prit en amitié, le perfectionna dans l'italien,
et le dédommagea un peu par de bons conseils et de généreux services de l'absence du
Porpora ; mais Joseph fut bien long-temps
triste et malheureux, avant de s'habituer à
celle de Consuelo.

Celle-ci, quoique triste aussi, et regret-
tant un si fidèle et si aimable ami, sentit revenir son courage, son ardeur et la poésie de
ses impressions à mesure qu'elle s'enfonça
dans les montagnes de la Moravie. Un nouveau soleil se levait sur sa vie. Dégagée de
tout lien et de toute domination étrangère

à son art, il lui semblait qu'elle s'y devait tout entière. Le Porpora, rendu à l'espérance et à l'enjouement de sa jeunesse, l'exaltait par d'éloquentes déclamations ; et la noble fille, sans cesser d'aimer Albert et Joseph comme deux frères qu'elle devait retrouver dans le sein de Dieu, se sentait légère, comme l'alouette qui monte en chantant dans le ciel, au matin d'un beau jour.

9

Dès le second relais, Consuelo avait reconnu dans le domestique qui l'accompa-
gnait, et qui, placé sur le siége de la voiture,
payait les guides et gourmandait la lenteur
des postillons, ce même heiduque qui avait
annoncé le comte Hoditz, le jour où il était

venu lui proposer la partie de plaisir de Roswald. Ce grand et fort garçon, qui la regardait toujours comme à la dérobée, et qui
semblait partagé entre le désir et la crainte
de lui parler, finit par fixer son attention;
et, un matin qu'elle déjeûnait dans une auberge isolée, au pied des montagnes, le Porpora ayant été faire un tour de promenade
à la chasse de quelque motif musical, en attendant que les chevaux eussent rafraîchi,
elle se tourna vers ce valet, au moment où
il lui présentait son café, et le regarda en
face d'un air un peu sévère et irrité. Mais il
fit alors une si piteuse mine, qu'elle ne put
retenir un grand éclat de rire. Le soleil d'a-
vril brillait sur la neige qui couronnait encore les monts; et notre jeune voyageuse se
sentait en belle humeur.

Hélas! lui dit enfin le mystérieux heiduque, votre seigneurie ne daigne donc pas me

reconnaître? Moi, je l'aurais toujours reconnue, fut-elle déguisée en Turc ou en caporal
prussien ; et pourtant je ne l'avais vue qu'un
instant, mais quel instant dans ma vie !

En parlant ainsi, il posa sur la table le
plateau qu'il apportait ; et, s'approchant de
Consuelo, il fit gravement un grand signe de
croix, mit un genou en terre, et baisa le
plancher devant elle.

— Ah ! s'écria Consuelo, Karl le déserteur,
n'est-ce pas ?

— Oui, signora, répondit Karl en baisant
la main qu'elle lui tendait ; du moins on m'a
dit qu'il fallait vous appeler ainsi, quoique je
n'aie jamais bien compris si vous étiez un
monsieur ou une dame.

— En vérité ? Et d'où vient ton incertitude ?

— C'est que je vous ai vue garçon, et que
depuis, quoique je vous aie bien reconnue,

vous étiez devenue aussi semblable à une
jeune fille que vous étiez auparavant semblable à un petit garçon. Mais cela ne fait
rien : soyez ce que vous voudrez, vous m'a-
vez rendu des services que je n'oublierai jamais; et vous pourriez me commander de me
jeter du sommet de ce pic qui est là-haut, si
cela vous faisait plaisir, je ne vous le refuse-
rais pas.

— Je ne te demande rien, mon brave
Karl, que d'être heureux et de jouir de ta liberté; car te voilà libre, et je pense que tu
aimes la vie maintenant?

— Libre, oui! dit Karl en secouant la tête;
mais heureux..... J'ai perdu ma pauvre
femme !

Les yeux de Consuelo se remplirent de
larmes, par un mouvement sympathique, en
voyant les joues carrées du pauvre Karl se
couvrir d'un ruisseau de pleurs.

— Ah! dit-il en secouant sa moustache rousse, d'où les larmes dégouttaient comme la pluie d'un buisson, elle avait trop souffert, la pauvre âme! Le chagrin de me voir enlever une seconde fois par les Prussiens, un long voyage à pied, lorsqu'elle était déjà bien malade; ensuite la joie de me revoir, tout cela lui a causé une révolution; et elle est morte huit jours après être arrivée à Vienne, où je la cherchais, et où, grâce à un billet de vous, elle m'avait retrouvé, avec l'aide du comte Hoditz. Ce généreux seigneur lui avait envoyé son médecin et des secours; mais rien n'y a fait : elle était fatiguée de vivre, voyez-vous, et elle a été se reposer dans le ciel du bon Dieu.

— Et ta fille? dit Consuelo, qui songeait à le ramener à une idée consolante.

— Ma fille ? dit-il d'un air sombre et un peu égaré, le roi de Prusse me l'a tuée aussi.

— Comment tuée ? que dis-tu ?

— N'est-ce pas le roi de Prusse qui a tué
la mère en lui causant tout ce mal? Eh bien,
l'enfant a suivi la mère. Depuis le soir où,
m'ayant vu frapper au sang, garrotter et emporter par les recruteurs, toutes deux étaient
restées, couchées et comme mortes, en travers du chemin, la petite avait toujours trem-
blé d'une grosse fièvre ; la fatigue et la misère de la route les ont achevées. Quand vous
les avez rencontrées sur un pont, à l'entrée
de je ne sais plus quel village d'Autriche, il
y avait deux jours qu'elles n'avaient rien
mangé. Vous leur avez donné de l'argent,
vous leur avez appris que j'étais sauvé, vous
avez tout fait pour les consoler et les guérir ;
elles m'ont dit tout cela : mais il était trop
tard. Elles n'ont fait qu'empirer depuis notre
réunion, et au moment où nous pouvions
être heureux, elles se sont en allées dans le

cimetière. La terre n'était pas encore foulée
sur le corps de ma femme, quand il a fallu
recreuser le même endroit pour y mettre mon
enfant ; et à présent, grâce au roi de Prusse,
Karl est seul au monde !

— Non, mon pauvre Karl, tu n'es pas
abandonné ; il te reste des amis qui s'intéres-
seront toujours à tes infortunes et à ton bon
cœur.

— Je le sais. Oui, il y a de braves gens, et
vous en êtes. Mais de quoi ai-je besoin maintenant que je n'ai plus ni femme, ni enfant,
ni pays ! car je ne serai jamais en sûreté dans
le mien ; ma montagne est trop bien connue
de ces brigands qui sont venus m'y chercher
deux fois. Aussitôt que je me suis vu seul,
j'ai demandé si nous étions en guerre ou si
nous y serions bientôt. Je n'avais qu'une
idée : c'était de servir contre la Prusse, afin
de tuer le plus de Prussiens que je pourrais.

Ah ! saint Wenceslas, le patron de la Bohême,
aurait conduit mon bras ; et je suis bien sûr
qu'il n'y aurait pas eu une seule balle perdue, sortie de mon fusil ; et je me disais :
Peut-être la Providence permettra-t-elle que
je rencontre le roi de Prusse dans quelque
défilé ; et alors... fût-il cuirassé comme l'ar-
change Michel... dussé-je le suivre comme
un chien suit un loup à la piste... Mais j'ai
appris que la paix était assurée pour longtemps ; et alors, ne me sentant plus de goût
à rien, j'ai été trouver monseigneur le comte
Hoditz pour le remercier, et le prier de ne
point me présenter à l'impératrice, comme
il en avait eu l'intention. Je voulais me tuer ;
mais il a été si bon pour moi, et la princesse
de Culmbach, sa belle-fille, à qui il avait
raconté en secret toute mon histoire, m'a
dit de si belles paroles sur les devoirs du
chrétien, que j'ai consenti à vivre et à entrer

à leur service, où je suis, en vérité, trop
bien nourri et trop bien traité pour le peu
d'ouvrage que j'ai à faire.

—Maintenant dis-moi, mon cher Karl, reprit Consuelo en s'essuyant les yeux, comment tu as pu me reconnaître.

— N'êtes-vous pas venue, un soir, chanter
chez ma nouvelle maîtresse, madame la
margrave? Je vous vis passer tout habillée
de blanc, et je vous reconnus tout de suite,
bien que vous fussiez devenue une demoiselle. C'est que, voyez-vous, je ne me souviens pas beaucoup des endroits où j'ai passé,
ni des noms des personnes que j'ai rencontrées; mais pour ce qui est des figures, je ne
les oublie jamais. Je commençais à faire le
signe de la croix quand je vis un jeune
garçon qui vous suivait, et que je reconnus
pour Joseph; et au lieu d'être votre maître,
comme je l'avais vu au moment de ma dé-

livrance (car il était mieux habillé que vous
dans ce temps-là), il était devenu votre domestique, et il resta dans l'antichambre. Il
ne me reconnut pas ; et comme M. le comte
m'avait défendu de dire un seul mot à qui que
ce soit de ce qui m'était arrivé (je n'ai jamais su ni demandé pourquoi), je ne parlai
pas à ce bon Joseph, quoique j'eusse bien envie de lui sauter au cou. Il s'en alla presque
tout de suite dans une autre pièce. J'avais
ordre de ne point quitter celle ou je me trouvais ; un bon serviteur ne connaît que sa
consigne. Mais quand tout le monde fut parti,
le valet de chambre de monseigneur, qui
a toute sa confiance, me dit : « Karl, tu n'as
pas parlé à ce petit laquais du Porpora, quoique tu l'aies reconnu, et tu as bien fait.
M. le comte sera content de toi. Quant à la
demoiselle qui a chanté ce soir... — Oh ! je
l'ai reconnue aussi, m'écriai-je, et je n'ai

rien dit. — Eh bien, ajouta-t-il, tu as encore
bien fait. M. le comte ne veut pas qu'on
sache qu'elle a voyagé avec lui jusqu'à Passaw. — Cela ne me regarde point, repris-je ;
mais puis-je te demander, à toi, comment
elle m'a délivré des mains des Prussiens ? »
Henri me raconta alors comment la chose
s'était passée (car il était là), comment vous
aviez couru après la voiture de M. le comte,
et comment, lorsque vous n'aviez plus rien à
craindre pour vous-même, vous aviez voulu
absolument qu'il vînt me délivrer. Vous en
aviez dit quelque chose à ma pauvre femme,
et elle me l'avait raconté aussi ; car elle est
morte en vous recommandant au bon Dieu,
et en me disant : Ce sont de pauvres enfants,
qui ont l'air presque aussi malheureux que
nous ; et cependant ils m'ont donné tout ce
qu'ils avaient, et ils pleuraient comme si nous
eussions été de leur famille, » Aussi, quand

j'ai vu M. Joseph à votre service, ayant été
chargé de lui porter quelqu'argent de la part
de Monseigneur chez qui il avait joué du
violon un autre soir, j'ai mis dans le papier
quelques ducats, les premiers que j'eusse ga-
gnés dans cette maison. Il ne l'a pas su, et il
ne m'a pas reconnu, lui ; mais si nous retour-
nons à Vienne, je m'arrangerai pour qu'il ne
soit jamais dans l'embarras tant que je pourrai gagner ma vie.

— Joseph n'est plus à mon service, bon
Karl, il est mon ami. Il n'est plus dans l'embarras, il est musicien , et gagnera sa vie
aisément. Ne te dépouille donc pas pour
lui.

— Quant à vous, signora, dit Karl, je ne
puis pas grand'chose pour vous , puisque
vous êtes une grande actrice, à ce qu'on dit ;
mais voyez-vous, si jamais vous vous trouvez dans la position d'avoir besoin d'un ser-

viteur, et de ne pouvoir le payer, adressez-
vous à Karl, et comptez sur lui. Il vous servira
pour rien et sera bien heureux de travailler
pour vous.

— Je suis assez payée par ta reconnaissance, mon ami. Je ne veux rien de ton dévouement.

— Voici maître Porpora qui revient. Souvenez-vous, signora, que je n'ai pas l'honneur de vous connaître autrement que comme un domestique mis à vos ordres par mon
maître. »

Le lendemain, nos voyageurs s'étant levés
de grand matin, arrivèrent, non sans peine,
vers midi, au château de Roswald. Il était
situé dans une région élevée, au versant
des plus belles montagnes de la Moravie, et
si bien abrité des vents froids, que le prin-
temps s'y faisait déjà sentir, lorsqu'à une
demi-lieue aux alentours, l'hiver régnait en-

core. Quoique la saison fût prématurément belle, les chemins étaient encore fort peu praticables. Mais le comte Hoditz, qui ne doutait de rien, et pour qui l'impossible était une plaisanterie, était déjà arrivé, et déjà faisait travailler une centaine de pionniers à aplanir la route sur laquelle devait rouler le lendemain l'équipage majestueux de sa noble épouse. Il eût été peut-être plus conjugal et plus secourable de voyager avec elle; mais il ne s'agissait pas tant de l'empêcher de se casser bras et jambes en chemin, que de lui donner une fête; et, morte ou vive, il fallait qu'elle eût un splendide divertissement en prenant possession du palais de Roswald.

Le comte permit à peine à nos voyageurs de changer de toilette, et leur fit servir un fort beau dîner dans une grotte mousseuse et rocailleuse, qu'un vaste poêle, habile-

ment masqué par de fausses roches, chauffait agréablement. Au premier coup d'œil,
cet endroit parut enchanteur à Consuelo. Le
site qu'on découvrait de l'ouverture de. la
grotte était réellement magnifiqne. La nature avait tout fait pour Roswald. Des mouvements de terrains escarpés et pittoresques,
des forêts d'arbres verts, des sources abon-
dantes, d'admirables perspectives, des prai-
ries immenses, il semble qu'avec une habi-
tation confortable, c'en était bien assez pour
faire un lieu de plaisance accompli. Mais
Consuelo s'aperçut bientôt des bizarres recherches par lesquelles le comte avait réussi
à gâter cette sublime nature. La grotte eut
été charmante sans le vitrage, qui en faisait
une salle à manger intempestive. Comme les
chèvrefeuilles et les liserons ne faisaient encore que bourgeonner, on avait masqué les
châssis des portes et des croisées avec des

feuillages et des fleurs artificielles, qui faisaient là une prétentieuse grimace. Les co-
quillages et les stalactites, un peu endom-
magés par l'hiver, laissaient voir le plâtre et
le mastic qui les attachaient aux parois du
roc, et la chaleur du poêle, fondant un reste
d'humidité amassée à la voûte, faisait tomber sur la tête des convives une pluie noirâ-
tre et malsaine, que le comte ne voulait pas
du tout apercevoir. Le Porpora en prit de
l'humeur, et deux ou trois fois mit la main à
son chapeau sans oser cependant l'enfoncer
sur son chef, comme il en mourait d'envie.
Il craignait surtout que Consuelo ne s'en-
rhumât, et il mangeait à la hâte, prétextant
une vive impatience de voir la musique qu'il
aurait à faire exécuter le lendemain.

« De quoi vous inquiétez-vous là, cher
Maëstro? disait le comte, qui était grand
mangeur, et qui aimait à raconter longue-

ment l'histoire de l'acquisition ou de la con-
fection dirigée par lui de toutes les pièces
riches et curieuses de son service de table ;
des musiciens habiles et consommés comme
vous n'ont besoin que d'une petite heure
pour se mettre au fait. Ma musique est simple et naturelle. Je ne suis pas de ces compositeurs pédants qui cherchent à étonner
par de savantes et bizarres combinaisons
harmoniques. A la campagne, il faut de la
musique simple, pastorale; moi, je n'aime
que les chants purs et faciles : c'est aussi le
goût de madame la margrave. Vous verrez
que tout ira bien. D'ailleurs, nous ne perdons pas de temps. Pendant que nous déjeu-
nons ici, mon majordome prépare tout suivant mes ordres, et nous allons trouver les
chœurs disposés dans leurs différentes sta-
tions et tous les musiciens à leur poste. »

Comme il disait cela, on vint avertir monseigneur que deux officiers étrangers, en tournée dans le pays, demandaient la permission d'entrer et de saluer le comte, pour visiter, avec son agrément, les palais et les jardins de Roswald.

Le comte était habitué à ces sortes de visites, et rien ne lui faisait plus de plaisir que d'être lui-même le *cicerone* des curieux, à travers les délices de sa résidence.

« Qu'ils entrent, qu'ils soient les bienvenus ! s'écria-t-il, qu'on mette leurs couverts et qu'on les amène ici. »

Peu d'instants après, les deux officiers furent introduits. Ils avaient l'uniforme prussien. Celui qui marchait le premier, et derrière lequel son compagnon semblait décidé à s'effacer entièrement, était petit, et d'une figure assez mausssade. Son nez, long, lourd et sans noblesse, faisait paraître plus choquants encore le ravalement de sa bouche,

et la fuite, où plutôt l'absence de son menton.
Sa taille un peu voûtée, donnait je ne sais
quel air vieillot à sa personne engoncée dans
le disgracieux habit inventé par Frédéric. Cet
homme avait cependant une quarantaine
d'années tout au plus ; sa démarche était assurée, et lorsqu'il eut ôté le vilain chapeau qui
lui coupait la face jusqu'à la naissance du nez,
il montra ce qu'il y avait de beau dans sa tête,
un front ferme, intelligent et méditatif, des
sourcils mobiles et des yeux d'une clarté et
d'une animation extraordinaires. Son regard
le transformait comme ces rayons du soleil,
qui colorent et embellissent tout à coup les
sites les plus mornes et les moins poétiques.
Il semblait grandir de toute la tête lorsque
ses yeux brillaient sur son visage blême, ché-
tif et inquiet.

Le comte Hoditz les reçut avec une hospitalité plus cordiale que cérémonieuse, et,

sans perdre le temps à de longs compliments,
il leur fit mettre deux couverts et leur servit
des meilleurs plats avec une véritable bonhomie patriarcale; car Hoditz était le meilleur
des hommes. et sa vanité, loin de corrompre
son cœur, l'aidait à se répandre avec confiance et générosité. L'esclavage régnait encore dans ses domaines, et toutes les merveilles de Roswald avaient été édifiées à peu de
frais par la gent taillable et corvéable; mais
il couvrait de fleurs et de gourmandises le joug
de ses sujets. Il leur faisait oublier le nécessaire en leur prodiguant le superflu, et, convaincu que le plaisir est le bonheur, il les faisait tant amuser, qu'ils ne songeaient point
à être libres.

L'officier prussien (car vraiment il n'y en
avait qu'un, l'autre semblait n'être que son
ombre), parut d'abord un peu étonné, peut-
être même un peu choqué du sans-façon de

M. le comte; et il affectait une politesse ré-
servée, lorsque le comte lui dit :

« Monsieur le capitaine, je vous prie de
vous mettre à l'aise et de faire ici comme
chez vous. Je sais que vous devez être habitué à la régularité austère des armées du
grand Frédéric ; je trouve cela admirable en
son lieu; mais ici, vous êtes à la campagne,
et si l'on ne s'amuse à la campagne, qu'y
vient-on faire ! Je vois que vous êtes des personnes bien élevées et de bonnes manières.
Vous n'êtes certainement pas officiers du roi
de Prusse, sans avoir fait vos preuves de
scien ce militaire et de bravoure accomplie.
Je vous tiens donc pour des hôtes dont la
présence honore ma maison ; veuillez en disposer sans retenue, et y rester tant que le séjour vous en sera agréable. »

L'officier prit ausssitôt son parti en homme
d'esprit ; et, après avoir remercié son hôte

sur le même ton, il se mit à sabler le champagne, qui ne lui fit pourtant pas perdre une
ligne de son sang-froid, et à creuser un excellent pâté sur lequel il fit des remarques
et des questions gastronomiques qui ne donnèrent pas grande idée de lui à la très-sobre
Consuelo. Elle était cependant frappée du feu
de son regard; mais ce feu même l'étonnait
sans la charmer. Elle y trouvait je ne sais
quoi de hautain, de scrutateur et de méfiant
qui n'allait point à son cœur.

Tout en mangeant, l'officier apprit au comte
qu'il s'appelait le baron de Kreutz, qu'il était
originaire de Silésie, où il venait d'être envoyé en remonte pour la cavalerie; que, se
trouvant à Neïsse, il n'avait pu résister au désir de voir le palais et les jardins tant vantés
de Roswald; qu'en conséquence, il avait passé
le matin la frontière avec son lieutenant,
non sans mettre le temps et l'occasion à pro-

fit pour faire sur sa route quelques achats de chevaux. Il offrit même au comte de visiter ses écuries, s'il avait quelques bêtes à vendre. Il voyageait à cheval, et s'en retournait le soir même.

— Je ne le souffrirai pas, dit le comte. Je n'ai pas de chevaux à vous vendre dans ce moment. Je n'en ai pas même assez pour les nouveaux embellissements que je veux faire à mes jardins. Mais je veux faire une meilleure affaire en jouissant de votre société le plus longtemps qu'il me sera possible.

Mais nous avons appris, en arrivant ici, que vous attendiez d'heure en heure madame là comtesse Hoditz ; et, ne voulant point être à charge, nous nous retirerons aussitôt que nous l'entendrons arriver.

— Je n'attends madame la comtesse margrave que demain, répondit le comte ; elle arrivera ici avec sa fille, madame la prin-

c esse de Culmbach. Car vous n'ignorez peut
être pas, Messsieurs, que j'ai eu l'honneur de
faire une noble alliance.....

— Avec la margrave douairière de Bareith, repartit assez brusquement le baron
de Kreutz, qui ne parut pas aussi ébloui de
ce titre que le comte s'y attendait.

— C'est la tante du roi de Prusse! reprit-
il avec un peu d'emphase.

— Oui, oui, je le sais! répliqua l'officier
prussien en prenant une large prise de
tabac.

— Et comme c'est une dame admirablement gracieuse et affable, continua le comte,
je ne doute pas qu'elle n'ait un plaisir infini
à recevoir et à traiter de braves serviteurs du
roi son illustre neveu.

— Nous serions bien sensibles à un si grand
honneur, dit le baron en souriant ; mais nous
n'aurons pas le loisir d'en profiter. Nos de-

voirs nous rappellent impérieusement à notre
poste, et nous prendrons congé de Votre
Excellence ce soir même. En attendant, nous
serions bien heureux d'admirer cette belle
résidence : le roi notre maître n'en a pas une
qu'on puisse comparer à celle-ci !

Ce compliment rendit au Prussien toute la
bienveillance du seigneur morave. On se leva de table. Le Porpora, qui se souciait moins
de la promenade que de la répétition, voulut
s'en dispenser.

« Non pas, dit le comte ; promenade et répétition, tout cela se fera en même temps ;
vous allez voir, mon maître. »

Il offrit son bras à Consuelo, et passant le
premier : « Pardonnez, messieurs, dit-il, si
je m'empare de la seule dame que nous
ayons ici dans ce moment : c'est le droit du
seigneur. Ayez la bonté de me suivre ; je serai votre guide.

— Oserai-je vous demander, Monsieur, dit le baron de Kreutz, adressant pour la première fois la parole au Porpora, quelle est cette aimable dame ?

— Monsieur, répondit le Porpora qui était de mauvaise humeur, je suis Italien, j'entends assez mal l'allemand, et le français encore moins. »

Le baron, qui jusque-là avait toujours parlé français avec le comte, selon l'usage de ce temps-là entre les gens du bel air, répéta sa demande en italien.

« Cette aimable dame, qui n'a pas encore dit un mot devant vous, répondit sèchement le Porpora, n'est ni margrave, ni douairière, ni princesse, ni baronne, ni comtesse : c'est une chanteuse italienne qui ne manque pas d'un certain talent.

— Je m'intéresse d'autant plus à la connaître et à savoir son nom, reprit le baron en souriant de la brusquerie du Maestro.

— C'est la Porporina, mon élève, répondit le Porpora.

— C'est une personne fort habile, dit-on, reprit l'autre, et qui est attendue avec impatience à Berlin. Puisqu'elle est votre élève, je vois que c'est à l'illustre maître Porpora que j'a il'honneur de parler.

— Pour vous servir, » répliqua le Porpora d'un ton bref, en renfonçant sur sa tête son chapeau qu'il venait de soulever, en réponse au profond salut du baron de Kreutz. Celui-ci, le voyant si peu communicatif, le laissa avancer et se tint en arrière avec son lieutenant. Le Porpora, qui avait des yeux jusque derrière la tête, vit qu'ils riaient ensemble en le regardant et en parlant de lui dans leur langue. Il en fut d'autant plus mal disposé pour eux, et ne leur adressa pas même un regard durant toute la promenade.

10

On descendit une petite pente assez rapide au bas de laquelle on trouva une ri-
vière en miniature, qui avait été un joli tor-
rent limpide et agité ; mais comme il fallait le
rendre navigable, on avait égalisé son lit,
adouci sa pente, taillé proprement ses rives

et troublé ses belles ondes par de récents
travaux. Les ouvriers étaient encore occu-
pés à le débarrasser de quelques roches que
l'hiver y avait précipitées, et qui lui donnaient un reste de physionomie : on s'em-
pressait de la faire disparaître. Une gondole
attendait là les promeneurs, une vraie
gondole que le comte avait fait venir de
Venise, et qui fit battre le cœur de Consuelo
en lui rappelant mille souvenirs gracieux et
amers. On s'embarqua ; les gondoliers étaient
aussi de vrais Vénitiens parlant leur dialecte ;
on les avait fait venir avec la barque,
comme de nos jours les nègres avec la girafe.
Le comte Hoditz, qui avait beaucoup voyagé,
s'imaginait parler toutes les langues : mais,
quoiqu'il y mît beaucoup d'aplomb, et que,
d'une voix haute, d'un ton accentué, il don-
nât ses ordres aux gondoliers, ceux-ci l'eussent compris avec peine, si Consuelo ne

lui eût servi de truchement. Il leur fut enjoint
de chanter des vers du Tasse : mais ces pauvres diables, enroués par les glaces du nord,
dépaysés et déroutés dans leurs souvenirs,
donnèrent aux Prussiens un fort triste
échantillon de leur savoir-faire. Il fallut que
Consuelo leur soufflât chaque strophe, et
promît de leur faire faire une répétition des
fragments qu'ils devaient chanter le lendemain à madame la margrave.

Quand on eut navigué un quart d'heure
dans un espace qu'on eut pu traverser en
trois minutes, mais où l'on avait ménagé au
pauvre ruisseau contrarié dans sa course
mille détours insidieux, on arriva à la pleine
mer. C'était un assez vaste bassin où l'on dé-
busqua à travers des massifs de cyprès et de
sapins, et dont le coup d'œil inattendu était
vraiment agréable. Mais on n'eut pas le loisir
de l'admirer. Il fallut s'embarquer sur un

navire de poche, où rien ne manquait ; mâts,
voiles, cordages, c'était un modèle accompli
de bâtiment avec tous ses agrès, et que le
trop grand nombre de matelots et de passagers faillit faire sombrer. Le Porpora y eut
froid. Les tapis étaient fort humides, et je
crois bien que, malgré l'exacte revue que
M. le comte, arrivé de la veille, avait fait déjà
de toutes les pièces, l'embarcation faisait
eau. Personne ne s'y sentait à l'aise, excepté
le comte, qui, par grâce d'état, ne se souciait jamais des petits désagréments attachés
à ses plaisirs, et Consuelo, qui commençait
à s'amuser beaucoup de la folie de son hôte.
Une flotte proportionnée à ce vaisseau de commandement vint se placer sous ses ordres, exé-
cuta des manœuvres que le comte lui-même,
armé d'un porte-voix, et debout sur la poupe,
dirigea fort sérieusement, se fâchant fort
quand les choses n'allaient point à son gré,

et faisant recommencer la répétition. Ensuite on voyagea de conserve aux sons d'une musique de cuivre abominablement fausse, qui acheva d'exaspérer le Porpora. — Passe pour nous faire geler et enrhumer, disait-il entre ses dents ; mais nous écorcher les oreilles à ce point, c'est trop fort !

— Voile pour le Péloponèse ! s'écria le comte, et on cingla vers une rive couronnée de menues fabriques imitant des temples grecs et tombeaux d'antiques. On se dirigeiat sur une petite anse masquée par des rochers, et, lorsqu'on en fut à dix pas, on fut accueilli par une décharge de coups de fusil. Deux hommes tombèrent morts sur le tillac, et un jeune mousse fort léger, qui se tenait dans les cordages, jeta un grand cri, descendit, ou plutôt se laissa glisser adroitement, et vint se rouler au beau milieu de la société, en hurlant qu'il était blessé et en cachant dans ses

mains sa tête, soi-disant fracassée d'une
balle. — Ici, dit le comte à Consuelo, j'ai
besoin de vous pour une petite répétition que
je fais faire à mon équipage. Ayez la bonté
de représenter pour un instant le personnage
de madame la margrave, et de commander
à cet enfant mourant ainsi qu'à ces deux
morts, qui, par parenthèse sont fort bête-
ment tombés, de se relever, d'être guéris à
l'instant même, de prendre leurs armes, et
de défendre Son Altesse contre les insolents
pirates retranchés dans cette embuscade.
Consuelo se hâta de se prêter au rôle de margrave, et le joua avec beaucoup plus de noblesse et de grâce naturelle que ne l'eût fait
madame Hoditz. Les morts et les mourants se
relevèrent sur leurs genoux et lui baisèrent la
main. Là, il leur fut enjoint par le comte de ne
point toucher tout de bon de leurs bouches
vassales la noble main de Son Altesse, mais

de baiser leur propre main en feignant d'approcher leurs lèvres de la sienne. Puis morts et mourants coururent aux armes en faisant de grandes démonstrations d'enthousiasme; le petit saltimbanque, qui faisait le rôle de mousse, regrimpa comme un chat sur son mât et déchargea une légère carabine sur la baie des pirates. La flotte se serra autour de la nouvelle Cléopâtre, et les petits canons firent un vacarme épouvantable.

Consuelo, avertie par le comte, qui ne voulait pas lui causer une frayeur sérieuse, n'avait point été dupe du début un peu bizarre de cette comédie. Mais les deux officiers prussiens, envers lesquels il n'avait pas jugé nécessaire de pratiquer la même galanterie, voyant tomber deux hommes au premier feu, s'étaient serrés l'un contre l'autre en pâlissant. Celui qui ne disait rien avait paru effrayé pour son capitaine, et le trouble de ce

dernier n'avait pas échappé au regard tranquillement observateur de Consuelo. Ce n'é-
tait pourtant pas la peur qui s'était peinte sur
sa physionomie ; mais, au contraire, une
sorte d'indignation, de colère même, comme
si la plaisanterie l'eut offensé personnelle-
lement et lui eut semblé un outrage à sa dignité de Prussien et de militaire. Hoditz n'y
prit pas garde, et lorsque le combat fut engagé, le capitaine et son lieutenant riaient
aux éclats et acceptaient au mieux le badi-
nage. Ils mirent même l'épée à la main et
s'escrimèrent en l'air pour prendre part à la
scène.

Les pirates, montés sur des barques légè-
res, vêtus à la grecque et armés de trom-
blons et de pistolets chargés à poudre, étaient
sortis de leurs jolis petits récifs, et se bat-
taient comme des lions. On les laissa venir à
l'abordage, où l'on en fit grande déconfiture,

afin que la bonne margrave eût le plaisir de les ressusciter. La seule cruauté commise fut d'en faire tomber quelques-uns à la mer. L'eau du bassin était bien froide, et Consuelo les plaignait, lorsqu'elle vit qu'ils y prenaient plaisir, et mettaient de la vanité à montrer à leurs compagnons montagnards qu'ils étaient bons nageurs.

Quand la flotte de Cléopâtre (car le navire que devait monter la margrave portait réellement ce titre pompeux) eut été victorieuse, comme de raison, elle emmena prisonnière la flotille des pirates à sa suite, et s'en alla au son d'une musique triomphale (à porter le diable en terre, au dire du Porpora) explorer les rivages de la Grèce. On approcha ensuite d'une île inconnue d'où l'on voyait s'élever des huttes de terre et des arbres exotiques fort bien acclimatés ou fort bien imités ; car on ne savait jamais à quoi

s'en tenir à cet égard, le faux et le vrai
étant confondus partout. Aux marges de
cette île étaient amarrées des pirogues. Les
naturels du pays s'y jetèrent avec des cris
très-sauvages et vinrent à la rencontre de la
flotte, apportant des fleurs et des fruits
étrangers récemment coupés dans les serres
chaudes de la résidence. Ces sauvages étaient
hérissés, tatoués, crépus, et plus semblables
à des diables qu'à des hommes. Les costumes n'étaient pas trop bien assortis. Les uns
étaient couronnés de plumes, comme des
Péruviens, les autres empaquetés de fourrures, comme des Esquimaux; mais on n'y
regardait pas de si près; pourvu qu'ils fussent bien laids et bien ébouriffés, on les tenait pour anthropophages tout au moins.

Ces bonnes gens firent beaucoup de gri-
maces, et leur chef, qui était une espèce de
géant, ayant une fausse barbe qui lui tom-

bait jusqu'à la ceinture, vint faire un discours que le comte Hoditz avait pris la peine
de composer lui-même en langue sauvage.
C'était un assemblage de syllables ronflantes
et croquantes, arrangées au hasard pour figurer un patois grotesque et barbare. Le
comte, lui ayant fait réciter sa tirade sans
faute, se chargea de traduire cette belle
harangue à Consuelo, qui faisait toujours le
rôle de margrave en attendant la véritable.
« Ce discours signifie, madame, lui dit-il en
imitant les samalecs du roi sauvage, que
cette peuplade de cannibales dont l'usage
est de dévorer tous les étrangers qui abor-
dent dans leur île, subitement touchée et
apprivoisée par l'effet magique de vos char-
mes, vient déposer à vos pieds l'hommage
de sa férocité, et vous offrir la royauté de
ces terres inconnues. Daignez y descendre
sans crainte, et quoiqu'elles soient stériles et

incultes, les merveilles de la civilisation vont
y éclore sous vos pas. »

On aborda dans l'île au milieu des chants
et des danses des jeunes sauvagesses. Des
animaux étranges et prétendus féroces, man-
nequins empaillés qui, au moyen d'un ressort, s'agenouillèrent subitement, saluèrent
Consuelo sur le rivage. Puis, à l'aide des
cordes, les arbres et les buissons fraîchement
plantés s'abattirent, les rochers de carton
s'écroulèrent, et l'on vit des maisonnettes
décorées de fleurs et de feuillages. Des ber-
gères conduisant de vrais troupeaux (Hoditz
n'en manquait pas), des villageois habillés à
la dernière mode de l'Opéra, quoiqu'un peu
malpropres vus de près, enfin jusqu'à des
chevreuils et des biches apprivoisées vinrent
prêter foi et hommage à la nouvelle souveraine. — C'est ici, dit alors le comte à Consuelo, que vous aurez à jouer un rôle de-

main, devant Son Altesse. On vous procurera le costume d'une divinité sauvage toute couverte de fleurs et de rubans, et vous vous tiendrez dans la grotte que voici : la margrave y entrera, et vous chanterez la cantate que j'ai dans ma poche, pour lui céder vos droits à la divinité, vu qu'il ne peut y avoir qu'une déesse, là où elle daigne apparaître.

— Voyons la cantate, dit Consuelo en recevant le manuscrit dont Hoditz était l'auteur. Il ne lui fallut pas beaucoup de peine pour lire et chanter à la première vue ce pont-neuf ingénu : paroles et musique, tout était à l'avenant. Il ne s'agissait que de l'apprendre par cœur. Deux violons, une harpe et une flûte cachés dans les profondeurs de l'antre l'accompagnaient tout de travers. Le Porpora fit recommencer. Au bout d'un quart d'heure, tout alla bien. Ce n'était pas

le seul rôle que Consuelo eût à faire dans la
fête, ni la seule cantate que le comte Hoditz
eût dans sa poche : elles étaient courtes,
heureusement ; il ne fallait pas fatiguer Son
Altesse par trop de musique.

A l'île sauvage, on remit à la voile et on
alla prendre terre sur un rivage chinois :
tours imitant la porcelaine, kiosques, jardins rabougris, petits ponts, jonques et plan-
tations de thé, rien n'y manquait. Les let-
trés et les mandarins, assez bien costumés,
vinrent faire un discours chinois à la margrave ; et Consuelo qui, dans le trajet, devait
changer de costume dans la cale d'un des bâtiments, et s'affubler en mandarine, dut essayer des couplets en langue et musique
chinoise, toujours de la façon du comte
Hoditz :

> Ping, pang, tiong,
> Hi, han, hong.

Tel était le refrain, qui était censé signi-
fier, grâce à la puissance d'abréviation que
possédait cette langue merveilleuee :

« Belle margrave, grande princesse, idole
de tous les cœurs, régnez à jamais sur votre
heureux époux et sur votre joyeux empire
de Roswald en Moravie. »

En quittant la Chine, on monta dans des
palanquins très riches, et on gravit, sur les
épaules des pauvres serfs chinois et sauvages, une petite montagne au sommet de laquelle on trouva la ville de Lilliput. Maisons,
forêts, lacs, montagnes, le tout vous venait
aux genoux ou à la cheville, et il fallait se
baisser pour voir, dans l'intérieur [des habi-
tations, les meubles et les ustensiles de mé-
nages qui étaient dans des proportions rela-
tives à tout le reste. Des marionnettes
dansèrent sur la place publique au son des
mirlitons, des guimbardes et des tambours

de basque. Les personnes qui les faisaient
agir et qui produisaient cette musique lilliputienne, étaient cachées sous terre et dans
des caveaux ménagés exprès.

En redescendant la montagne des Lillipu-
tiens, on trouva un désert d'une centaine de
pas, tout encombré de rochers énormes et
d'arbres vigoureux livrés à leur croissance
naturelle. C'était le seul endroit que le comte
n'eût pas gâté et mutilé. Il s'était contenté
de le laisser tel qu'il l'avait trouvé. « L'u-
sage de cette gorge escarpée m'a bien longtemps embarrassé, dit-il à ses hôtes. Je ne
savais comment me délivrer de ces masses
de rochers, ni quelle tournure donner à ces
arbres superbes, mais désordonnés ; tout à
coup l'idée m'est venue de baptiser ce lieu
le désert, le chaos : et j'ai pensé que le contraste n'en serait pas desagréable, surtout
lorsqu'au sortir de ces horreurs de la nature,

on rentrerait dans des parterres admirablement soignés et parés. Pour compléter l'illusion, vous allez voir quelle heureuse
invention j'y ai placée. »

En parlant ainsi, le comte tourna un gros
rocher qui encombrait le sentier (car il
avait bien fallu fourrer un sentier uni et sa-
blé dans l'horrible désert), et Consuelo se
trouva à l'entrée d'un ermitage creusé dans
le roc et surmonté d'une grossière croix de
bois. L'anachorète de la Thébaïde en sortit ;
c'était un bon paysan dont la longue barbe
blanche postiche contrastait avec un visage
frais et paré des couleurs de la jeunesse. Il
fit un beau sermon, dont son maître corrigea
les barbarismes, donna sa bénédiction, et offrit des racines et du lait à Consuelo dans
une écuelle de bois. — Je trouve l'ermite
un peu jeune, dit le baron de Kreutz : vous
eussiez pu mettre ici un vieillard véritable.

— Cela n'eût point plu à la margrave, répondit ingénument le comte Hoditz. Elle dit avec raison que la vieillesse n'est point égayante, et que, dans une fête il ne faut voir que de jeunes acteurs.

Je fais grâce au lecteur du reste de la promenade. Ce serait à n'en pas finir si je voulais lui décrire les diverses contrées, les autels druidiques, les pagodes indiennes, les chemins et canaux couverts, les forêts vierges, les souterrains où l'on voyait les mystères de la passion taillés dans le roc, les mines artificielles avec salles de bal, les Champs-Elysées, les tombeaux, enfin les cascades, les naïades, les sérénades et les *six mille* jets d'eau que le Porpora prétendait, par la suite avoir été forcé d'*avaler*. Il y avait bien mille autres gentillesses dont les mémoires du temps nous ont transmis le détail avec admiration : une grotte à demi obscure où l'on s'enfonçait en courant, et au fond de laquelle une glace, en vous renvoyant votre propre image, dans un jour incertain, devait infailliblement vous causer une grande frayeur ; un couvent où l'on vous forçait, sous peine de perdre à jamais la liberté, de prononcer des vœux dont la formule était un hommage d'éternelle soumission et adoration à la margrave ; un arbre à pluie qui, au moyen d'une pompe cachée dans les branches, vous inondait d'encre, de sang ou d'eau de rose, suivant qu'on voulait vous fêter ou vous mystifier ; enfin mille secrets charmants, ingénieux, incompréhensibles, dispendieux surtout, que le Porpora eut la brutalité de trouver insupportables, stupides et scandaleux. La nuit seule mit un terme à cette promenade autour du monde, dans laquelle, tantôt à cheval, tantôt en litière, à

âne, en voiture ou en bateau, on avait bien
fait trois lieues.

Aguerris contre le froid et la fatigue, les
deux officiers prussiens, tout en riant de ce
qu'il y avait de trop puéril dans les amuse-
ments et les *surprises* de Roswald, n'avaient
pas été aussi frappés que Consuelo du ridicule de cette merveilleuse résidence. Elle
était l'enfant de la nature, née en plein
champ, accoutumée, dès qu'elle avait eu les
yeux ouverts à regarder les œuvres de Dieu
sans rideau de gaze et sans lorgnon : mais
le baron de Kreutz, quoiqu'il ne fût pas tout
à fait le premier-venu dans cette aristocra-
tie habituée aux draperies et aux enjolive-
ments de la mode, était l'homme de son
monde et de son temps. Il ne haïssait point
les grottes, les ermitages et les symboles. En
somme, il s'amusa avec bonhomie, montra
beaucoup d'esprit dans la conversation, et

dit à son acolyte qui, en entrant dans la salle
à manger, le plaignait respectueusement de
l'ennui d'une aussi rude corvée : — De l'ennui? moi? pas du tout. J'ai fait de l'exercice,
j'ai gagné de l'appétit, j'ai vu mille folies, je
me suis reposé l'esprit de choses sérieuses :
je n'ai pas perdu mon temps et ma peine.

On fut surpris de ne trouver dans la salle
à manger qu'un cercle de chaises autour
d'une place vide. Le comte, ayant prié les
convives de s'asseoir, ordonna à ses valets
de servir. — Hélas! monseigneur, répondit
celui qui était chargé de lui donner la répli-
que, nous n'avions rien qui fût digne d'être
offert à une si honorable compagnie, et nous
n'avons pas même mis la table.

— Voilà qui est plaisant! » s'écria l'amphitryon avec une fureur simulée; et quand
ce jeu eut duré quelques instants : « Eh bien!
dit-il, puisque les hommes nous refusent un

souper, j'évoque l'enfer, et je somme Pluton
de m'en envoyer un qui soit digne de mes
hôtes. » En parlant ainsi, il frappa le plancher trois fois, et le plancher glissant aussitôt dans une coulisse, on vit s'exhaler des
flammes odorantes ; puis, au son d'une musique joyeuse et bizarre, une table magnifi-
quement servie vint se placer sous les cou-
des des convives.

— Ce n'est pas mal, dit le comte en sou-
levant la nappe, et en parlant sous la table.
Seulement je suis fort étonné, puisque mes-
sire Pluton sait fort bien qu'il n'y a même
pas dans ma maison de l'eau à boire, qu'on
ne m'en ait pas envoyé une seule carafe.

— Comte Hoditz, répondit, des profondeurs de l'abîme, une voix rauque digne du
Tartare ; l'eau est fort rare dans les enfers ;
car presque tous nos fleuves sont à sec depuis que les yeux de Son Altesse margrave

ont embrasé jusqu'aux entrailles de la terre ;
cependant, si vous l'exigez, nous allons envoyer une Danaïde au bord du Styx pour
voir si elle en pourra trouver.

— Qu'elle se dépêche, répondit le comte,
et surtout donnez-lui un tonneau qui ne soit
pas percé.

Au même instant, d'une belle cuvette de
jaspe qui était au milieu de la table, s'élança
un jet d'eau de roche qui pendant tout le
souper retomba sur lui-même en gerbe de
diamants au reflet des nombreuses bougies.
Le *surtout* était un chef d'œuvre de richesse
et de mauvais goût, et l'eau du Styx, le souper infernal, furent pour le comte matière à
mille jeux de mots, allusions et coqs-à-l'âne
qui ne valaient guère mieux, mais que la
naïveté de son enfantillage lui fit pardonner.
Le repas succulent, et servi par de jeunes
sylvains et des nymphes plus ou moins char-

mantes, égaya beaucoup le baron de Kreutz.
Il ne fit pourtant qu'une médiocre attention
aux belles esclaves de l'amphitryon : ces
pauvres paysannes étaient à la fois les ser-
vantes, les maîtresses les choristes et les actrices de leur seigneur. Il était leur professeur de grâces, de danse, de chant et de
déclamation. Consuelo avait eu à Passaw un
échantillon de sa manière de procéder avec
elles; et, en songeant au sort glorieux que
ce seigneur lui avait offert alors, elle admirait le sang-froid respectueux avec lequel il
la traitait maintenant, sans paraître ni surpris ni confus de sa méprise. Elle savait bien
que le lendemain les choses changeraient
d'aspect à l'arrivée de la margrave; qu'elle
dînerait dans sa chambre avec son maître,
et qu'elle n'aurait pas l'honneur d'être ad-
mise à la table de Son Altesse. Elle ne s'en
embarrassait guère, quoiqu'elle ignorât une

circonstance qui l'eût divertie beaucoup en cet instant : à savoir qu'elle soupait avec un personnage infiniment plus illustre, lequel ne voulait pour rien au monde souper le lendemain avec la margrave.

Le baron de Kreutz, souriant donc d'un air assez froid à l'aspect des nymphes du logis, accorda un peu plus d'attention à Consuelo, lorsqu'après l'avoir provoquée à rompre le silence, il l'eut amenée à parler sur la musique. Il était amateur éclairé et quasi passionné de cet art divin : du moins il en parla lui-même avec une supériorité qui adoucit, non moins que le repas, les bons mets et la chaleur des appartements, l'humeur revêche du Porpora. — Il serait à souhaiter, dit-il enfin au baron, qui venait de louer délicatement sa manière sans le nommer, que le souverain que nous allons es-

sayer de divertir fût aussi bon juge que
vous !

— On assure, répondit le baron, que
mon souverain est assez éclairé sur cette
matière, et qu'il aime véritablement les
beaux-arts.

— En êtes-vous bien certain, monsieur le
baron? reprit le Maestro, qui ne pouvait causer sans contredire tout le monde sur toutes
choses. Moi, je ne m'en flatte guère. Les rois
sont toujours les premiers en tout, au dire
de leurs sujets; mais il arrive souvent que
leurs sujets en savent beaucoup plus long
qu'eux.

— En fait de guerre, comme en fait de
science et de génie, le roi de Prusse en sait
plus long qu'aucun de nous, répondit le lieutenant avec zèle ; et quant à la musique, il
est très certain...

— Que vous n'en savez rien ni moi non

plus , interrompit sèchement le capitaine Kreutz ; maître Porpora ne peut s'en rapporter qu'à lui seul à ce dernier égard.

— Quant à moi , reprit le Maestro, la dignité royale ne m'en a jamais imposé en fait de musique ; et quand j'avais l'honneur de donner des leçons à la princesse électorale de Saxe, je ne lui passais pas plus de fausses notes qu'à un autre.

— Eh quoi! dit le baron , en regardant son compagnon avec une intention ironique, les têtes couronnées font-elles jamais des fausses notes ?

— Tout comme les simples mortels, monsieur! répondit le Porpora. Cependant je dois dire que la princesse électorale n'en fit pas longtemps avec moi, et qu'elle avait une rare intelligence pour me seconder.

— Ainsi vous pardonneriez bien quelques fausses notes à notre Fritz , s'il avait l'impertinence d'en faire en votre présence?

. — A condition qu'il s'en corrigerait.

— Mais vous ne lui laveriez pas la tête?
dit à son tour le comte Hoditz en riant.

— Je le ferais, dût-il couper la mienne!
répondit le vieux professeur, qu'un peu de
champagne rendait expansif et fanfaron.

Consuelo avait été bien et dûment avertie
par le chanoine que la Prusse était une grande préfecture de police, où les moindres paroles, prononcées bien bas à la frontière,
arrivaient en peu d'instants, par une suite
d'échos mystérieux et fidèles, au cabinet de
Frédéric, et qu'il ne fallait jamais dire à un
Prussien, surtout à un militaire, à un em-
ployé quelconque : « Comment vous portez-
vous? » sans peser chaque syllabe, et tourner, comme on dit aux petits enfants, sa
langue sept fois dans sa bouche. Elle ne vit
donc pas avec plaisir son maître s'abandon-

ner à son humeur narquoise, et elle s'efforça
de réparer ses imprudences par un peu de
politique.

— Quand même le roi de Prusse ne serait
pas le premier musicien de son siècle, dit-
elle, il lui serait permis de dédaigner un art
certainement bien futile au prix de tout ce
qu'il sait d'ailleurs.

Mais elle ignorait que Frédéric ne mettait
pas moins d'amour-propre à être un grand
flûtiste qu'à être un grand capitaine et un
grand philosophe. Le baron de Kreutz déclara que si Sa Majesté avait jugé la musique
un art digne d'être étudié, elle y avait consa-
cré très probablement une attention et un
travail sérieux.

— Bah! dit le Porpora, qui s'animait de
plus en plus, l'attention et le travail ne ré-
vèlent rien, en fait d'art, à ceux que le ciel
n'a pas doués d'un talent inné. Le génie de la

musique n'est pas à la portée de toutes les fortunes, et il est plus facile de gagner des batailles et de pensionner des gens de lettres que de dérober aux muses le feu sacré. Le baron Frédéric de Trenck nous a fort bien dit que Sa Majesté prussienne, lorsqu'elle manquait à la mesure, s'en prenait à ses courtisans ; mais les choses n'iront pas ainsi avec moi !

— Le baron Frédéric de Trenck a dit cela ? répliqua le baron de Kreutz, dont les yeux s'animèrent d'une colère subite et im- pétueuse. Eh bien ! reprit-il en se calmant tout à coup par un effort de sa volonté, et en parlant d'un ton d'indifférence, le pauvre diable doit avoir perdu l'envie de plaisanter ; car il est enfermé à la citadelle de Glatz pour le reste de ses jours.

— En vérité ! s'écria le Porpora : et qu'a- t-il donc fait ?

— C'est le secret de l'Etat, répondit le baron : mais tout porte à croire qu'il a trahi la confiance de son maître.

— Oui! ajouta le lieutenant ; en vendant à l'Autriche le plan des fortifications de la Prusse, sa patrie.

— Oh! c'est impossible! dit Consuelo qui avait pâli, et qui, de plus en plus attentive à sa contenance et à ses paroles, ne put cependant retenir cette exclamation douloureuse.

— C'est impossible, et c'est faux! s'écria le Porpora indigné; ceux qui ont fait croire cela au roi de Prusse en ont menti par la gorge!

— Je présume que ce n'est pas un démenti indirect que vous pensez nous donner? dit le lieutenant en pâlissant à son tour.

-- Il faudrait avoir une susceptibilité bien maladroite pour le prendre ainsi, reprit le

baron de Kreutz en lançant un regard dur
et impérieux à son compagnon. En quoi cela
nous regarde-t-il? et que nous importe que
maître Porpora mette de la chaleur dans son
amitié pour ce jeune homme?

— Oui, j'en mettrais, même en présence
du roi lui-même, dit le Porpora. Je dirais au
roi qu'on l'a trompé; que c'est fort mal à lui
de l'avoir cru; que Frédéric de Trenck est
un digne, un noble jeune homme, incapable
d'une infamie!

— Je crois, mon maître, interrompit Consuelo que la physionomie du capitaine in-
quiétait de plus en plus, que vous serez bien
à jeun quand vous aurez l'honneur d'approcher le roi de Prusse; et je vous connais trop
pour n'être pas certaine que vous ne lui
parlerez de rien d'étranger à la musique.

— Mademoiselle me paraît fort prudente,
reprit le baron. Il paraît cependant qu'elle a

été fort liée à Vienne avec ce jeune baron de Trenck?

— Moi, monsieur? répondit Consuelo avec une indifférence fort bien jouée; je le connais à peine.

— Mais, reprit le baron avec une physionomie pénétrante, si le roi lui-même vous demandait, par je ne sais quel hasard imprévu, ce que vous pensez de la trahison de ce Trenck?...

— Monsieur le baron, dit Consuelo en affrontant son regard inquisitorial avec beaucoup de calme et de modestie, je lui répondrais que je ne crois à la trahison de personne, ne pouvant pas comprendre ce que c'est que de trahir.

— Voilà une belle parole, signora ! dit le baron dont la figure s'éclaircit tout à coup, et vous l'avez dit avec l'accent d'une belle âme.

Il parla d'autre chose, et charma les con-

vives par la grâce et la force de son esprit.
Durant tout le reste du souper, il eut, en s'a-
dressant à Consuelo, une expression de bonté
et de confiance qu'elle ne lui avait pas encore
vue.

11

A la fin du dessert, une ombre toute dra-
pée de blanc et voilée vint chercher les convives en leur disant : *Suivez-moi!* Consuelo,
condamnée encore au rôle de margrave pour
la répétition de cette nouvelle scène, se leva
la première, et, suivie des autres convives,

monta le grand escalier du château, dont la
porte s'ouvrait au fond de la salle. L'ombre
qui les conduisait poussa, au haut de cet escalier, une autre grande porte, et l'on se
trouva dans l'obscurité d'une profonde galerie antique, au bout de laquelle on apercevait
simplement une faible lueur. Il fallut se diriger de ce côté au son d'une musique lente,
solennelle et mystérieuse, qui était censée
exécutée par les habitants du monde invisi-
ble.— Tudieu! dit ironiquement le Porpora
d'un ton d'enthousiasme, monsieur le comte
ne nous refuse rien! Nous avons entendu aujourd'hui de la musique turque, de la musique nautique, de la musique sauvage, de la
musique chinoise, de la musique lilliputienne
et toutes sortes de musiques extraorainaires;
mais en voici une qui les surpasse toutes, et
l'on peut bien dire que c'est véritablement
de la musique de l'autre monde.

— Et vous n'êtes pas au bout ! répondit le comte, enchanté de cet éloge.

— Il faut s'attendre à tout de la part de Votre Excellence, dit le baron de Kreutz avec la même ironie que le professeur; quoique après ceci, je ne sache, en vérité, ce que nous pouvons espérer de plus fort.

Au bout de la galerie, l'ombre frappa sur une espèce de tamtam qui rendit un son lugubre, et un vaste rideau s'écartant, laissa voir la salle de spectacle décorée et illuminée comme elle devait l'être le lendemain. Je n'en ferai point la description, quoique ce serait bien le cas de dire :

Ce n'était que festons, ce n'était qu'astragales.

La toile du théâtre se leva ; la scène représentait l'Olympe ni plus ni moins. Les déesses s'y disputaient le cœur du berger Pâris, et le concours des trois divinités principales fai-

sait les frais de la pièce. Elle était écrite en
italien, ce qui fit dire tout bas au Porpora, en
s'adressant à Consuelo : « Le sauvage, le chinois et le lilliputien n'étaient rien ; voilà enfin
de l'iroquois. » Vers et musique, tout était
de la fabrique du comte. Les acteurs et les
actrices valaient bien leurs rôles. Après une
demi-heure de métaphores et de concetti sur
l'absence d'une divinité plus charmante et
plus puissante que toutes les autres, qui dé-
daignait de concourir pour le prix de la
beauté, Pâris s'étant décidé à faire triompher Vénus, cette dernière prenait la pomme,
et, descendant du théâtre par un gradin, venait la déposer au pied de la margrave, en se
déclarant indigne de la conserver, et s'excu-
sant d'avoir osé la briguer devant elle. C'é-
tait Consuelo qui devait faire ce rôle de Vénus, et comme c'était le plus important,
ayant à chanter à la fin une cavatine à grand

effet, le comte Hoditz, n'ayant pu en confier
la répétition à aucune de ses coryphées, prit
le parti de le remplir lui-même, tant pour
faire marcher cette répétition que pour faire
sentir à Consuelo l'esprit, les intentions, les
finesses et les beautés du rôle. Il fut si bouf-
fon en faisant sérieusement Vénus, et en
chantant avec emphase les platitudes pillées
à tous les méchants opéras à la mode et mal
cousues dont il prétendait avoir fait une partition, que personne ne put garder son sérieux. Il était trop animé par le soin de gour-
mander sa troupe et trop enflammé par l'expression divine qu'il donnait à son jeu et à son
chant pour s'apercevoir de la gaieté de l'auditoire. On l'applaudit à tout rompre, et le
Porpora, qui s'était mis à la tête de l'orchestre en se bouchant les oreilles de temps en
temps à la dérobée, déclara que tout était
sublime, poème, partition, voix, instru-

.ments, et la vénus provisoire par-dessus
tout.

. Il fut convenu que la Consuelo et lui li-
raient ensemble attentivement ce chef-d'œuvre le soir même et le lendemain matin. Ce
n'était ni long ni difficile à apprendre, et ils
se firent forts d'être le lendemain soir à la
hauteur de la pièce et de la troupe. On visita
ensuite la salle de bal qui n'était pas encore
prête, parce que les danses ne devaient avoir
lieu que le surlendemain, la fête ayant à du-
rer deux jours pleins et à offrir une suite
ininterrompue de divertissements variés.

Il était dix heures du soir. Le temps était
clair et la lune magnifique. Les deux officiers
prussiens avaient persisté à repasser la frontière le soir même, alléguant une consigne
supérieure qui leur défendait de passer la
nuit en pays étranger. Le comte dut donc céder, et ayant donné l'ordre qu'on préparât

leurs chevaux, il les emmena boire le coup
de l'étrier, c'est-à-dire déguster du café et
d'excellentes liqueurs dans un élégant boudoir, où Consuelo ne jugea pas à propos de
les suivre. Elle prit donc congé d'eux, et
après avoir recommandé tout bas au Porpora de se tenir un peu mieux sur ses gardes
qu'il n'avait fait durant le souper, elle se
dirigea vers sa chambre, qui était dans une
autre aile du château.

Mais elle s'égara bientôt dans les détours
de ce vaste labyrinthe, et se trouva dans
une sorte de cloître où un courant d'air étei-
gnit sa bougie. Craignant de s'égarer de plus
en plus et de tomber dans quelqu'une des
trappes à *surprise* dont ce manoir était rempli, elle prit le parti de revenir sur ses pas à
tâtons jusqu'à ce qu'elle eût retrouvé la partie éclairée des bâtiments. Dans la confusion
de tant de préparatifs pour des choses in-

sensées, le confortable de cette riche habi-
tation était entièrement négligé. On y trouvait des sauvages, des ombres, des dieux,
des ermites, des nymphes, des ris et des
jeux, mais pas un domestique pour avoir un
flambeau, pas un être dans son bon sens auprès de qui l'on pût se renseigner.

Cependant elle entendit venir à elle une
personne qui semblait marcher avec précaution et se glisser dans les ténèbres à dessein,
ce qui ne lui inspira par la confiance d'appeler et de se nommer, d'autant plus que
c'était le pas lourd et la respiration forte
d'un homme. Elle s'avançait un peu émue
et en se serrant contre la muraille, lorsqu'elle
entendit ouvrir une porte non loin d'elle, et
la clarté de la lune, en pénétrant par cette
ouverture, tomba sur la haute taille et le
brillant costume de Karl.

Elle se hâta de l'appeler. « Est-ce vous,

Signora? lui dit-il d'une voix altérée. Ah ! je cherche depuis bien des heures un instant pour vous parler, et je le trouve trop tard, peut-être !

— Qu'as-tu donc à me dire, bon Karl, et d'où vient l'émotion où je te vois ?

— Sortez de ce corridor, Signora, je vais vous parler dans un endroit tout à fait isolé et où j'espère que personne ne pourra nous entendre. »

Consuelo suivit Karl, et se trouva en plein air avec lui sur la terrasse que formait la tourelle accolée au flanc de l'édifice.

« Signora, dit le déserteur en parlant avec précaution (arrivé le matin pour la première fois à Roswald, il ne connaissait guère mieux les êtres que Consuelo), n'avez-vous rien dit aujourd'hui qui puisse vous exposer au mécontentement ou à la méfiance du roi de Prusse, et dont vous auriez à vous repentir à

Berlin, si le roi en était exactement informé?

— Non, Karl, je n'ai rien dit de semblable. Je savais que tout Prussien qu'on ne connaît pas est un interlocuteur dangereux, et j'ai observé, quant à moi, toutes mes paroles.

— Ah! vous me faites du bien de me dire cela; j'étais bien inquiet! je me suis approché de vous deux ou trois fois dans le navire, lorsque vous vous promeniez sur la pièce d'eau. J'étais un des pirates qui ont fait semblant de monter à l'abordage; mais j'étais déguisé, vous ne m'avez pas reconnu. J'ai eu beau vous regarder, vous faire signe, vous n'avez pris garde à rien, et je n'ai pu vous glisser un seul mot. Cet officier était toujours à côté de vous. Tant que vous avez navigué sur le bassin, il ne vous a pas quittée d'un pas. On eût dit qu'il devinait que vous étiez son scapulaire, et qu'il se cachait der-

rière vous, dans le cas où une balle se serait
glissée dans quelqu'un de nos innocents fu-
sils.

— Que veux-tu dire, Karl? Je ne puis te
comprendre. Quel est cet officier? Je ne le
connais pas.

— Je n'ai pas besoin de vous le dire ;
vous le connaîtrez bientôt, puisque vous allez
à Berlin.

— Pourquoi m'en faire un secret maintenant?

— C'est que c'est un terrible secret, et que
j'ai besoin de le garder encore une heure.

— Tu as l'air singulièrement agité, Karl ;
que se passe-t-il en toi?

— Oh! de grandes choses! l'enfer brûle
dans mon cœur!

— L'enfer? On dirait que tu as de mauvais desseins.

— Peut-être!

— En ce cas, je veux que tu parles ; tu
n'as pas le droit de te taire avec moi, Karl.
Tu m'as promis un dévouement, une soumission à toute épreuve.

— Ah ! Signora, que me dites-vous là ?
c'est la vérité, je vous dois plus que la vie,
car vous avez fait ce qu'il fallait pour me
conserver ma femme et ma fille ; mais elles
étaient condamnées, elles ont péri... et il
faut bien que leur mort soit vengée !

— Karl, au nom de ta femme et de ton
enfant qui prient pour toi dans le ciel, je
t'ordonne de parler. Tu médites je ne sais
quel acte de folie ; tu veux te venger ? La vue
de ces Prussiens te met hors de toi ?

— Elle me rend fou, elle me rend furieux...
Mais non, je suis calme, je suis un saint.
Voyez-vous, Signora, c'est Dieu et non l'en-
fer qui me pousse. Allons ! l'heure approche.
Adieu, Signora ; il est probable que je ne

vous reverrai plus, et je vous demande, puisque vous passez par Prague, de payer une messe pour moi à la chapelle de Saint-Jean-Népomuck, un des plus grands patrons de la Bohême.

— Karl, vous parlerez, vous confesserez les idées criminelles qui vous tourmentent, ou je ne prierai jamais pour vous, et j'appellerai sur vous, au contraire, la malédiction de votre femme et de votre fille, qui sont des anges dans le sein de Jésus-le-Miséricordieux. Mais comment voulez-vous être pardonné dans le ciel, si vous ne pardonnez pas sur la terre? Je vois bien que avez une carabine sous votre manteau, Karl, et que d'ici vous guettez ces Prussiens au passage.

— Non, pas d'ici, dit Karl ébranlé et tremblant ; je ne veux pas verser le sang dans la maison de mon maître, ni sous vos yeux, ma bonne sainte fille ! mais là-bas, voyez-vous,

il y a dans la montagne un chemin creux que
je connais bien déjà ; car j'y étais ce matin
quand ils sont arrivés par là.... Mais j'y étais
par hasard, je n'étais pas armé, et d'ailleurs
je ne l'ai pas reconnu tout de suite, lui!...
Mais tout à l'heure, il va repasser par là, et
j'y serai, moi! J'y serai bientôt par le sentier
du parc, et je le devancerai, quoiqu'il soit
bien monté... Et, comme vous le dites, Signora, j'ai une carabine, une bonne carabine, et il y a dedans une bonne balle pour
son cœur. Elle y est depuis tantôt ; car je ne
plaisantais pas quand je faisais le guet ac-
coutré en faux pirate. Je trouvais l'occasion
assez belle, et je l'ai visé plus de dix fois ;
mais vous étiez là, toujours là, et je n'ai pas
tiré... Mais tout à l'heure, vous n'y serez
pas, il ne pourra pas se cacher derrrière
vous comme un poltron... car il est poltron,
je le sais bien, moi. Je l'ai vu pâlir, et tour-

ner le dos à la guerre, un jour qu'il nous
faisait avancer avec rage contre mes com-
patriotes, contre mes frères les Bohémiens.
Ah! quelle horreur! car je suis Bohémien,
moi, par le sang, par le cœur, et cela ne
pardonne pas. Mais si je suis un pauvre
paysan de Bohême, n'ayant appris dans ma
forêt qu'à manier la cognée, il a fait de moi
un soldat prussien, et, grâce à ses caporaux,
je sais viser juste avec un fusil.

— Karl, Karl, taisez-vous, vous êtes dans
le délire! vous ne connaissez pas cet homme,
j'en suis sûre. Il s'appelle le baron de Kreutz;
je parie que vous ne saviez pas son nom et
que vous le prenez pour un autre. Ce n'est
pas un recruteur, il ne vous a pas fait de
mal.

— Ce n'est pas le baron de Kreutz, non,
Signora, et je le connais bien. Je l'ai vu plus
de cent fois à la parade : c'est le grand re-

cruteur, c'est le grand maître des voleurs
d'hommes et des destructeurs de familles ;
c'est le grand fléau de la Bohême, c'est mon
ennemi, à moi. C'est l'ennemi de notre
Église, de notre religion et de tous nos saints;
c'est lui qui a profané, par ses rires impies,
la statue de saint Jean-Népomuck, sur le
pont de Prague. C'est lui qui a volé, dans le
château de Prague, le tambour fait avec la
peau de Jean Zyska, celui qui fut un grand
guerrier dans son temps, et dont la peau
était la sauvegarde, le porte-respect, l'honneur du pays! Oh non ! je ne me trompe pas,
et je connais bien l'homme! D'ailleurs, saint
Wenceslas m'est apparu tout à l'heure comme
je faisais ma prière dans la chapelle ; je l'ai
vu comme je vous vois, Sígnora ; et il m'a
dit : « C'est lui, frappe-le au cœur. » Je l'a-
vais juré à la Sainte-Vierge sur la tombe de
ma femme, et il faut que je tienne mon ser-

ment... Ah ! voyez, Signora ! voilà son cheval
qui arrive devant le perron ; c'est ce que
j'attendais. Je vais à mon poste ; priez pour
moi ; car je payerai cela de ma vie tôt ou
tard ; mais peu importe, pourvu que Dieu
sauve mon âme !

— Karl ! s'écria Consuelo, animée d'une
force extraordinaire, je te croyais un cœur
généreux, sensible et pieux ; mais je vois
bien que tu es un impie, un lâche et un scélérat. Quel que soit cet homme que tu veux
assassiner, je te défends de le suivre et de
lui faire aucun mal. C'est le diable qui a pris
la figure d'un saint pour égarer ta raison ;
et Dieu a permis qu'il te fît tomber dans ce
piège pour te punir d'avoir fait un serment
sacrilège sur la tombe de ta femme. Tu es
un lâche et un ingrat, te dis-je ; car tu ne
songes pas que ton maître, le comte Hoditz,
qui t'a comblé de bienfaits, sera accusé de

ton crime, et qu'il le payera de sa tête ; lui, si honnête, si bon et si doux envers toi ! Va te cacher au fond d'une cave ; car tu n'es pas digne de voir le jour, Karl. Fais pénitence, pour avoir eu une telle pensée. Tiens ! je vois, en cet instant, ta femme qui pleure à côté de toi, et qui essaye de retenir ton bon ange, prêt à t'abandonner à l'esprit du mal.

— Ma femme ! ma femme ! s'écria Karl, égaré et vaincu ; je ne la vois pas. Ma femme, si tu es là parle-moi, fais que je te revoie encore une fois et que je meure.

— Tu ne peux pas la voir : le crime est dans ton cœur, et la nuit sur tes yeux. Mets-toi à genoux, Karl ; tu peux encore te racheter. Donne-moi ce fusil qui souille tes mains, et fais ta prière.

En parlant ainsi, Consuelo prit la carabine, qui ne lui fut pas disputée, et se hâta de l'éloigner des yeux de Karl, tandis qu'il tombait à genoux et fondait en larmes. Elle quitta la terrasse pour cacher cette arme dans quelqu'autre endroit, à la hâte. Elle était brisée de l'effort qu'elle venait de faire pour s'emparer de l'imagination du fanatique, en invoquant les chimères qui le gouvernaient. Le temps pressait ; et ce n'était pas le moment de lui faire un cours de philosophie plus humaine et plus éclairée. Elle venait de dire ce qui lui était venu à l'esprit, inspirée peut-être par quelque chose de sympathique dans l'exaltation de ce malheureux, qu'elle voulait à tout prix sauver d'un acte de démence, et qu'elle accablait même d'une feinte indignation, tout en le plaignant d'un égarement dont il n'était pas le maître.

Elle se pressait d'écarter l'arme fatale, afin de le rejoindre ensuite et de le retenir sur la terrasse jusqu'à ce que les Prussiens

fussent bien loin, lorsqu'en rouvrant cette
petite porte qui ramenait de la terrasse au
corridor, elle se trouva face à face avec le
baron de Kreutz. Il venait de chercher son
manteau et ses pistolets dans sa chambre.
Consuelo n'eut que le temps de laisser tomber la carabine derrière elle, dans l'angle
que formait la porte, et de se jeter dans le
corridor, en refermant cette porte entre elle
et Karl. Elle craignait que la vue de l'ennemi
ne rendît à ce dernier toute sa fureur s'il
l'apercevait.

La précipitation de ce mouvement, et
l'émotion qui la força de s'appuyer contre
la porte, comme si elle eut craint de s'éva-
nouir, n'échappèrent point à l'œil clairvoyant
du baron de Kreutz. Il portait un flambeau,
et s'arrêta devant elle en souriant. Sa figure
était parfaitement calme ; cependant Consuelo crut voir que sa main tremblait et

faisait vaciller très sensiblement la flamme
de la bougie. Le lieutenant était derrière
lui, pâle comme la mort, et tenant son épée
nue. Ces circonstances, ainsi que la certitude
qu'elle acquit un peu plus tard qu'une fenêtre de cet appartement, où le baron avait
déposé et repris ses effets, donnait sur la
terrasse de la tourelle, firent penser ensuite
à Consuelo que les deux Prussiens n'a-
vaient pas perdu un mot de son entretien
avec Karl. Cependant le baron la salua d'un
air courtois et tranquille ; et comme la crainte
d'une pareille situation lui faisait oublier de
rendre le salut , et lui ôtait la force de dire
un mot, Kreutz l'ayant examinée un instant
avec des yeux qui exprimaient plus d'intérêt
que de surprise, il lui dit d'une voix douce
en lui prenant la main : — Allons, mon enfant, remettez-vous. Vous semblez bien
agitée. Nous vous avons fait peur en passant

brusquement devant cette porte au moment
où vous l'ouvriez; mais nous sommes vos
serviteurs et vos amis. J'espère que nous
vous reverrons à Berlin, et peut-être pour-
rons-nous vous y être bon à quelque chose.

Le baron attira un peu vers lui la main
de Consuelo comme si, dans un premier
mouvement, il eut songé à la porter à ses
lèvres. Mais il se contenta de la presser légèrement, salua de nouveau, et s'éloigna,
suivi de son lieutenant (1), qui ne sembla
pas même voir Consuelo, tant il était troublé
et hors de lui. Cette contenance confirma la
jeune fille dans l'opinion qu'il était instruit du
danger dont son maître venait d'être menacé.

Mais quel était donc cet homme dont la

(1) On disait alors *bas officier*. Nous avons, dans notre
récit, modernisé un titre qui donnait lieu à équivoque.

responsabitité pesait si fortement sur la tête
d'un autre, et dont la destruction avait semblé à Karl une vengeance si complète et si
enivrante ? Consuelo revint sur la terrasse
pour lui arracher son secret, tout en conti-
nuant à le surveiller; mais elle le trouva
évanoui et, ne pouvant aider ce colosse à
se relever, elle descendit et appela d'autres
domestiques pour aller à son secours. — Ah !
ce n'est rien, dirent-ils en se dirigeant vers
le lieu qu'elle leur indiquait : il a bu ce soir
un peu trop d'hydromel, et nous allons le porter dans son lit. Consuelo eût voulu remonter avec eux; elle craignait que Karl ne se
trahît en revenant à lui-même; mais elle en
fut empêchée par le comte Hoditz, qui passait par là, et qui lui prit le bras, se réjouis-
sant de ce qu'elle n'était pas encore couchée,
et de ce qu'il pouvait lui donner un nouveau
spectacle. Il fallut le suivre sur le perron, et

de là elle vit en l'air, sur une des collines du
parc, précisément du côté que Karl lui avait
désigné comme le but de son expédition, un
grand arc de lumière, sur lequel on distin-
guait confusément des caractères en verres
de couleur.

— Voilà une très belle illumination, dit-
elle d'un air distrait.

— C'est une délicatesse, un adieu discret
et respectueux à l'hôte qui nous quitte, lui
répondit-il. Il va passer dans un quart d'heure
au pied de cette colline, par un chemin creux
que nous ne voyons pas d'ici, et où il trouvera cet arc de triomphe élevé comme par
enchantement au dessus de sa tête.

— Monsieur le comte, s'écria Consuelo en
sortant de sa rêverie, quel est donc ce personnage qui vient de nous quitter ?

— Vous le saurez plus tard, mon enfant.

— Si je ne dois pas le demander, je me tais, monsieur le comte ; cependant j'ai quelque soupçon qu'il ne s'appelle pas réellement le baron de Kreutz.

— Je n'en ai pas été dupe un seul instant, repartit Hoditz, qui à cet égard se vantait un peu. Cependant j'ai respecté religieusement son incognito. Je sais que c'est sa fantaisie et qu'on l'offense quand on n'a pas l'air de le prendre pour ce qu'il se donne. Vous avez vu que je l'ai traité comme un simple officier, et pourtant... » Le comte mourait d'envie de parler ; mais les convenances lui défendaient d'articuler un nom apparemment si sacré. Il prit un terme moyen, et présentant sa lorgnette à Consuelo : « Regardez, lui dit-il, comme cet arc improvisé a bien réussi. Il y a d'ici près d'un demi-mille, et je parie qu'avec ma lorgnette, qui est excellente, vous allez lire ce qui est

écrit dessus. Les lettres ont vingt pieds de
haut, quoiqu'elles vous paraissent impercep-
tibles. Cependant, regardez bien!... »

Consuelo regarda et déchiffra aisément
cette inscription, qui lui révéla le secret de
la comédie :

Vive Frédéric-le-Grand !

— Ah! monsieur le comte, s'écria-t-elle
vivement préoccupée, il y a du danger pour
un tel personnage à voyager ainsi, et il y en
a plus encore à le recevoir.

— Je ne vous comprends pas, dit le comte;
nous sommes en paix ; personne ne songe-
rait maintenant, sur les terres de l'empire, à
lui faire un mauvais parti, et personne ne
peut plus trouver contraire au patriotisme
d'héberger honorablement un hôte tel que
lui. »

Consuelo était plongée dans ses rêveries. Hoditz l'en tira en lui disant qu'il avait une humble supplique à lui présenter ; qu'il craignait d'abuser de son obligeance, mais que la chose était si importante, qu'il était forcé de l'importuner. Après bien des circonlocutions, « il s'agirait, lui dit-il d'un air mystérieux et grave, de vouloir bien vous charger du rôle de l'ombre. »

— Quelle ombre ? demanda Consuelo, qui ne songeait plus qu'à Frédéric et aux évènements de la soirée.

— L'ombre qui vient au dessert chercher madame la margrave et ses convives pour leur faire traverser la galerie du Tartare, où j'ai placé le champ des morts, et les faire entrer dans la salle du théâtre, où l'Olympe doit les recevoir. Vénus n'entre pas en scène tout d'abord, et vous auriez le temps de dépouiller, dans la coulisse, le linceul de l'om-

bre sous lequel vous aurez le brillant costume de la mère des amours tout ajusté, satin
couleur de rose avec nœuds d'argent che-
nillés d'or, paniers très petits, cheveux sans
poudre, avec des perles et des plumes, des
roses, une toilette très décente et d'une
galanterie sans égale, vous verrez! Allons,
vous consentez à faire l'ombre; car il faut
marcher avec beaucoup de dignité, et pas
une de mes petites actrices n'oserait dire à
Son Altesse, d'un ton à la fois impérieux et
respectueux : *Suivez-moi*. C'est un mot bien
difficile à dire, et j'ai pensé qu'une personne
de génie pouvait en tirer un grand parti.
Qu'en pensez-vous?

— Le mot est admirable, et je ferai l'ombre de tout mon cœur, répondit Consuelo en
riant.

— Ah! vous êtes un ange, un ange, en

vérité! s'écria le comte en lui baisant la main.

Mais hélas! cette fête, cette brillante fête, ce rêve que le comte avait caressé pendant tout un hiver, et qui lui avait fait faire plus de trois voyages en Moravie pour en préparer la réalisation; ce jour tant attendu devait s'en aller en fumée, tout aussi bien que la sérieuse et sombre vengeance de Karl. Le lendemain, vers le milieu du jour, tout était prêt. Le peuple de Roswald était sous les armes; les nymphes, les génies, les sauvages, les nains, les géants, les mandarins et les ombres attendaient, en grelottant à leurs postes, le moment de commencer leurs évolutions; la route escarpée était déblayée de ses neiges et jonchée de mousse et de violettes; les nombreux convives, accourus des châteaux environnants, et même de villes assez éloignées, formaient un cortège res-

pectable à l'amphitryon, lorsque hélas! un
coup de foudre vint tout renverser. Un cour-
rier, arrivé à toute bride, annonça que le
carrosse de la margrave avait versé dans un
fossé; que Son Altesse s'était enfoncée deux
côtes, et qu'elle était forcée de séjourner à
Olmütz, où le comte était prié d'aller la rejoindre. La foule se dispersa. Le comte, suivi
de Karl, qui avait retrouvé sa raison, monta
sur le meilleur de ses chevaux et partit à
la hâte, après avoir dit quelques mots à son
majordome.

Les Plaisirs, les Ruisseaux, les Heures et
les Fleuves allèrent reprendre leurs bottes
fourrées et leurs casaquins de laine, et s'en
retournèrent à leur travail des champs, pêle-
mêle avec les Chinois, les pirates, les drui-
des et les anthropophages. Les convives
remontèrent dans leurs équipages, et la
berline qui avait amené le Porpora et son

élève fut mise de nouveau à leur disposition. Le majordome, conformément aux ordres qu'il avait reçus, leur apporta la somme
convenue, et les força de l'accepter bien
qu'ils ne l'eussent qu'à demi gagnée. Ils prirent, le jour-même, la route de Prague ; le
professeur enchanté d'être débarrassé de la
musique cosmopolite et des cantates poly-
glottes de son hôte ; Consuelo regardant du
côté de la Silésie et s'affligeant de tourner
le dos au captif de Glatz, sans espérance de
pouvoir l'arracher à son malheureux sort.

Ce même jour, le baron de Kreutz, qui
avait passé la nuit dans un village, non loin
de la frontière morave, et qui en était re-
parti le matin dans un grand carrosse de
voyage, escorté de ses pages à cheval, et de
sa berline de suite qui portait son commis et
sa *chatouille* (1), disait à son lieutenant, ou

(1) Son trésor de voyage.

plutôt à son aide de camp, le baron dé Buddenbrock, aux approches de la ville de Neïsse
et il faut noter que mécontent de sa mala-
dresse la veille, il lui adressait la parole pour
la première fois depuis son départ de Roswald) : — Qu'était-ce donc que cette illumination que j'ai aperçue de loin, sur la colline
au pied de laquelle nous devions passer, en
côtoyant le parc de ce comte Hoditz ?

— Sire, répondit en tremblant Buddenbrock, je n'ai pas aperçu d'illumination.

— Et vous avez eu tort. Un homme qui
m'accompagne doit tout voir.

— Votre Majesté devait pardonner au
trouble affreux dans lequel m'avait plongé
la résolution d'un scélérat...

— Vous ne savez ce que vous dites ! cet
homme était un fanatique, un malheureux
dévot catholique, exaspéré par les sermons
que les curés de la Bohême ont fait contre

moi durant la guerre ; il était poussé à bout
d'ailleurs par quelque malheur personnel. Il
faut que ce soit quelque paysan enlevé pour
mes armées, un de ces déserteurs que nous
reprenons quelquefois malgré leurs belles
précautions....

— Votre Majesté peut compter que demain celui-là sera repris et amené devant
elle.

— Vous avez donné des ordres pour qu'on
l'enlevât au comte Hoditz?

— Pas encore, Sire ; mais sitôt que je serai
arrivé à Neïsse, je lui dépêcherai quatre
hommes très habiles et très déterminés.....

— Je vous le défends : vous prendrez au
contraire des informations sur le compte de
cet homme ; et si sa famille a été victime de
la guerre, comme il semblait l'indiquer dans
ses paroles décousues, vous veillerez à ce
qu'il lui soit compté une somme de mille

reichsthalers, et vous le ferez désigner aux
recruteurs de la Silésie, pour qu'on le laisse
à jamais tranquille. Vous m'entendez? Il
s'appelle Karl; il est très grand, il est Bohémien, il est au service du comte Hoditz :
c'en est assez pour qu'il soit facile de le retrouver, et de s'informer de son nom de famille et de sa position.

— Votre Majesté sera obéie.

— Je l'espère bien! Que pensez-vous de
ce professeur de musique?

— Maître Porpora? Il m'a semblé sot,
suffisant, et d'une humeur très fâcheuse.

— Et moi je vous dis que c'est un homme
supérieur dans son art, rempli d'esprit et
d'une ironie fort divertissante. Quand il sera
rendu avec son élève à la frontière de Prusse,
vous enverrez au devant de lui une bonne
voiture.

— Oui, Sire.

— Et on l'y fera monter seul : *seul*, entendez-vous ? avec beaucoup d'égards.

— Oui, Sire.

— Et ensuite ?

— Ensuite, Votre Majesté entend qu'on
l'amène à Berlin ?

— Vous n'avez pas le sens commun aujourd'hui. J'entends qu'on le reconduise à
Dresde, et de là à Prague, s'il le désire ; et de
là même à Vienne, si telle est son intention :
le tout à mes frais. Puisque j'ai dérangé un
homme si honorable de ses occupations, je
dois le remettre où je l'ai pris sans qu'il lui
en coûte rien. Mais je ne veux pas qu'il pose
le pied dans mes Etats. Il a trop d'esprit pour
nous.

— Qu'ordonne Votre Majesté à l'égard de
la cantatrice ?

— On la conduira sous escorte, bon gré

mal gré, à Sans-Souci, et on lui donnera un
appartement dans le château.

— Dans le château, Sire?

— Eh bien! êtes-vous devenu sourd?
L'appartement de la Barberini!

— Et la Barberini, Sire, qu'en ferons-
nous?

— La Barberini n'est plus à Berlin. Elle
est partie. Vous ne le saviez pas?

— Non, Sire.

— Que savez-vous donc? Et dès que cette
fille sera arrivée, on m'avertira, à quelque
heure que ce soit du jour ou de la nuit.
Vous m'avez entendu? Ce sont là les premiers ordres que vous allez faire inscrire sur
le registre numéro 1 du commis de ma chatouille : le dédommagement à Karl; le renvoi
du Porpora; la succession des honneurs et
des profits de la Barberini à la Porporina.
Nous voici aux portes de la ville. Reprends

ta bonne humeur, Buddenbrock, et tâche d'être un peu moins bête quand il me prendra fantaisie de voyager incognito avec toi.

12

Le Porpora et Consuelo arrivèrent à Prague par un froid assez piquant, à la première heure de la nuit. La lune éclairait cette vieille cité, qui avait conservé dans son aspect le caractère religieux et guerrier de son histoire. Nos voyageurs y entrèrent par

la porte appelée Rosthor, et, traversant la
partie qui est sur la rive droite de la Moldaw
ils arrivèrent sans encombre jusqu'à la moitié du pont. Mais là, une forte secousse fut
imprimée à la voiture, qui s'arrêta court.
« Jésus Dieu! cria le postillon, mon cheval
qui s'abat devant la statue! mauvais présage! que saint Jean Népomuck nous as-
siste! »

Consuelo, voyant que le cheval de bran-
card était embarrassé dans les traits, et que
le postillon en aurait pour quelque temps à
le relever et à rajuster son harnais, dont
plusieurs courroies s'étaient rompues dans
la chute, proposa à son maître de mettre
pied à terre, afin de se réchauffer par un peu
de mouvement. Le Maestro y ayant consenti, Consuelo s'approcha du parapet pour
examiner le lieu où elle se trouvait. De cet
endroit, les deux villes distinctes qui com-

posent Prague, l'une appelée *la nouvelle*,
qui fut bâtie par l'empereur Charles IV, en
1348; l'autre, qui remonte à la plus haute
antiquité, toutes deux construites en amphi-
théâtre, semblaient deux noires montagnes
de pierres d'où s'élançaient çà et là, sur les
points culminants, les flèches élancées des
antiques édifices et les sombres dentelures
des fortifications. La Moldaw s'engouffrait
obscure et rapide sous ce pont d'un style si
sévère, théâtre de tant d'évènements tragiques dans l'histoire de la Bohême; et le reflet de la lune, en y traçant de pâles éclairs,
blanchissait la tête de la statue révérée.
Consuelo regarda cette figure du saint docteur qui semblait contempler mélancolique-
ment les flots. La légende de saint Népomuck
est belle, et son nom vénérable à quiconque
estime l'indépendance et la loyauté. Confesseur de l'impératrice Jeanne, il refusa de

trahir le secret de sa confession, et l'ivrogne
Wenceslas, qui voulait savoir les pensées de
sa femme, n'ayant pu rien arracher à l'illustre docteur, le fit noyer sous le pont de Prague. La tradition rapporte qu'au moment où
il disparut sous les ondes, cinq étoiles brillè-
rent sur le gouffre à peine refermé, comme
si le martyr eût laissé un instant flotter sa
couronne sur les eaux. En mémoire de ce
miracle, cinq étoiles de métal ont été incrus-
tées sur la pierre de la balustrade, à l'endroit
même où Népomuck fut précipité.

La Rosmunda, qui était fort dévote, avait
gardé un tendre souvenir à la légende de
Jean Népomuck ; et, dans l'énumération des
saints que chaque soir elle faisait invoquer
par la bouche pure de son enfant, elle n'a-
vait jamais oublié celui-là, le patron spécial
des voyageurs, des gens en péril, et, par
dessus tout, *le garant de la bonne renommée.*

Ainsi qu'on voit les pauvres rêver la richesse, la Zingara se faisait, sur ses vieux jours, un idéal de ce trésor qu'elle n'avait guère songé à amasser dans ses jeunes années. Par suite de cette réaction, Consuelo avait été élevée dans des idées d'une exquise pureté. Consuelo se rappela donc en cet instant la prière qu'elle adressait autrefois à l'apôtre de la sincérité; et, saisie par le spectacle des lieux témoins de sa fin tragique, elle s'agenouilla instinctivement parmi les dévots qui, à cette époque, faisaient encore, à chaque heure du jour et de la nuit, une cour assidue à l'image du saint. C'étaient de pauvres femmes, des pèlerins, de vieux mendiants, peut-être aussi quelques zingaris, enfants de la mandoline et propriétaires du grand chemin. Leur piété ne les absorbait pas au point qu'ils ne songeassent à lui tendre la main. Elle leur fit largement l'aumône, heureuse de se rappe-

ler le temps où elle n'était ni mieux chaus-
sée, ni plus fière que ces gens-là. Sa générosité les toucha tellement, qu'ils se consultè-
rent à voix basse et chargèrent un d'entre
eux de lui dire qu'ils allaient chanter un des
anciens hymnes de l'office du bienheureux
Népomuck, afin que le saint détournât le
mauvais présage par suite duquel elle se
trouvait arrêtée sur le pont. La musique et
les paroles étaient selon eux, du temps
même de Wenceslas l'ivrogne :

> Suspice quas dedimus, Johannes beate,
> Tibi preces supplicés, noster advocate,
> Fieri : dum vivimus, ne sinas infames
> Et nostros post obitum cœlis infer manes.

Le Porpora, qui prit plaisir à les écouter,
jugea que leur hymne n'avait guère plus
d'un siècle de date ; mais il en entendit un
second qui lui sembla une malédiction adres-

sée à Wenceslas par ses contemporains, et
qui commençait ainsi :

> Sœvus, piger imperator,
> Malorum clarus patrator, etc.

Quoique les crimes de Wenceslas ne fussent pas un évènement de circonstance, il
semblait que les pauvres Bohémiens prissent
un éternel plaisir à maudire, dans la personne de ce tyran, ce titre abhorré d'*impera-
tor*, qui était devenu pour eux synonyme
d'étranger. Une sentinelle autrichienne gardait chacune des portes placées à l'extrémité
du pont. Leur consigne les forçait à marcher
sans cesse de chaque porte à la moitié de
l'édifice ; là elles se rencontraient devant la
statue, se tournaient le dos et reprenaient
leur impassible promenade. Elles entendaient
les cantiques ; mais comme elles n'étaient
pas aussi versées dans le latin d'église que

les dévots praguois, elles s'imaginaient sans
doute écouter un cantique à la louange de
François de Lorraine, l'époux de Marie-
Thérèse.

En recueillant ces chants naïfs au clair de
la lune, dans un des sites les plus poétiques
du monde, Consuelo se sentit pénétrée de
mélancolie. Son voyage avait été heureux et
enjoué jusque là ; et, par une réaction assez
naturelle, elle tomba tout d'un coup dans la
tristesse. Le postillon, qui rajustait son
équipage avec une lenteur germanique, ne
cessait de répéter à chaque exclamation de
mécontentement : « Voilà un mauvais présage ! » si bien que l'imagination de Consuelo finit par s'en ressentir. Toute émotion
pénible, toute rêverie prolongée ramenait en
elle le souvenir d'Albert. Elle se rappela en
cet instant qu'Albert, entendant un soir la
chanoinesse invoquer tout haut, dans sa

prière, saint Népomuck, le gardien de la bonne réputation, lui avait dit : « C'est fort bien pour vous, ma tante, qui avez pris la précaution d'assurer la vôtre par une vie exemplaire; mais j'ai vu souvent des âmes souillées de vices appeler à leur aide les miracles de ce saint, afin de pouvoir mieux cacher aux hommes leurs secrètes iniquités. C'est ainsi que vos pratiques dévotes servent aussi souvent de manteau à l'hypocrisie grossière que de secours à l'innocence. » En cet instant, Consuelo s'imagina entendre la voix d'Albert résonner à son oreille dans la bise du soir et dans l'onde sinistre de la Moldaw. Elle se demanda ce qu'il penserait d'elle, lui qui la croyait déjà pervertie peut-être, s'il la voyait prosternée devant cette image catholique; et elle se relevait comme effrayée, lorsque le Porpora lui dit : « Allons, remontons en voiture; tout est réparé »

Elle le suivit et s'apprêtait à entrer dans
la voiture, lorsqu'un cavalier, lourdement
monté sur un cheval plus lourd encore, s'arrêta court, mit pied à terre et s'approcha
d'elle pour la regarder avec une curiosité
tranquille qui lui parut fort impertinente.
« Que faites-vous là, Monsieur? dit le Porpora en le repoussant; on ne regarde pas
les dames de si près. Ce peut être l'usage à
Prague, mais je ne suis pas disposé à m'y
soumettre »

Le gros homme sortit le menton de ses
fourrures; et, tenant toujours son cheval par
la bride, il répondit au Porpora en bohémien, sans s'apercevoir que celui-ci ne le
comprenait pas du tout; mais Consuelo,
frappée de la voix de ce personnage, et se
penchant pour regarder ses traits au clair
de la lune, s'écria, en passant entre lui et le

Porpora : « Est-ce donc vous, monsieur le baron de Rudolstadt?

— Oui, c'est moi, signora! répondit le baron Frédéric; c'est moi, le frère de Christian, l'oncle d'Albert; oh! c'est bien moi. Et c'est bien vous aussi! ajouta-t-il en poussant un profond soupir.

Consuelo fut frappée de son air triste et de la froideur de son accueil. Lui qui s'était toujours piqué avec elle d'une galanterie chevaleresque, il ne lui baisa pas la main, il ne songea même pas à toucher son bonnet fourré pour la saluer; il se contenta de répéter en la regardant d'un air consterné, pour ne pas dire hébété : « C'est bien vous! en vérité, c'est vous!

— Donnez-moi des nouvelles de Riesenburg, dit Consuelo avec agitation.

— Je vous en donnerai, signora! Il me tarde de vous en donner.

— Eh bien! monsieur le baron, dites; parlez-moi du comte Christian, de madame la chanoinesse et de...

— Oh oui! je vous en parlerai, répondit Frédéric, qui était de plus en plus stupéfait et comme abruti.

— Et le comte Albert? reprit Consuelo, effrayée de sa contenance et de sa physionomie.

—Oui, oui! Albert, hélas! oui! répondit le baron, je veux vous en parler.

Mais il n'en parla point; et à travers toutes les questions de la jeune fille, il resta presque aussi muet et immobile que la statue de Népomuck.

Le Porpora commençait à s'impatienter : il avait froid; il lui tardait d'arriver à un bon gîte. En outre, cette rencontre, qui pouvait faire une grande impression sur Consuelo, le contrariait passablement.

— Monsieur le baron, lui dit-il, nous aurons l'honneur d'aller demain vous présenter nos devoirs ; mais souffrez que maintenant
nous allions souper et nous réchauffer... Nous
avons plus besoin de cela que de compliments, ajouta-t-il entre ses dents, en sautant
dans la voiture, où il venait de pousser Consuelo, bon gré mal gré.

— Mais, mon ami, dit celle-ci avec anxiété,
laissez-moi m'informer.....

— Laissez-moi tranquille, répondit-il
brusquement. Cet homme est idiot, s'il n'est
pas ivre-mort ; et nous passerions bien la
nuit sur le pont sans qu'il pût accoucher d'une
parole de bon sens.

Consuelo était en proie à une affreuse inquiétude : « Vous êtes impitoyable, lui dit-
elle, tandis que la voiture franchissait le pont
et entrait dans l'ancienne ville. Un instant

de plus, et j'allais apprendre ce qui m'intéresse plus que tout au monde.....

— Ouais ! en sommes-nous encore là ? dit
le Maestro avec humeur. Cet Albert te trot-
tera-t-il éternellement dans la cervelle? Tu
aurais eu là une jolie famille, bien enjouée,
bien élevée, à en juger par ce gros butor,
qui a son bonnet cacheté sur sa tête, apparemment! car il ne t'a pas fait la grâce de le
soulever en te voyant.

— C'est une famille dont vous pensiez na-
guère tant de bien, que vous m'y avez jetée
comme dans un port de salut, en me recommandant d'être tout respect, tout amour,
pour ceux qui la composent.

— Quant au dernier point, tu m'as trop
bien obéi, à ce que je vois. »

Consuelo allait répliquer; mais elle se
calma en voyant le baron à cheval, déterminé,
en apparence, à suivre la voiture ; et lors-

qu'elle en descendit, elle trouva le vieux seigneur à la portière, lui offrant la main, et
lui faisant avec politesse les honneurs de sa
maison ; car c'était chez lui et non à l'auberge
qu'il avait donné ordre au postillon de la conduire. Le Porpora voulut en vain refuser son
hospitalité : il insista et Consuelo, qui brûlait d'éclaircir ses tristes appréhensions, se
hâta d'accepter et d'entrer avec lui dans la
salle, où un grand feu et un bon souper les
attendaient. « Vous voyez, signora, dit le
baron en lui faisant remarquer trois couverts, je comptais sur vous. — Cela m'é-
tonne beaucoup, répondit Consuelo ; nous
n'avions annoncé ici notre arrivée à personne, et nous comptions même, il y a deux
jours, n'y arriver qu'après-demain.

— Tout cela ne vous étonne pas plus que
moi, dit le baron d'un air abattu.

— Mais la baronne Amélie ? demanda

Consuelo, honteuse de n'avoir pas encore
songé à son ancienne élève.

Un nuage couvrit le front du baron de Rudolstadt : son teint vermeil, violacé par le
froid, devint tout à coup si blême, que Consuelo en fut épouvantée ; mais il répondit
avec une sorte de calme :

— Ma fille est en Saxe, chez une de nos
parentes. Elle aura bien du regret de ne pas
vous avoir vue.

— Et les autres personnes de votre famille, monsieur le baron, reprit Consuelo,
ne puis-je savoir.....

— Oui, vous saurez tout, répondit Frédéric, vous saurez tout. Mangez, signora ; vous
devez en avoir besoin.

— Je ne puis manger si vous ne me tirez
d'inquiétude. Monsieur le baron, au nom du
ciel, n'avez vous pas à déplorer la perte
d'aucun des vôtres ?

— Personne n'est mort, répondit le baron d'un ton aussi lugubre que s'il eût annoncé l'extinction de sa famille entière ; et il se mit à découper les viandes avec une lenteur aussi solennelle qu'il le faisait à Riesenburg. Consuelo n'eut plus le courage de le question-ner. Le souper lui parut mortellement long. Le Porpora, qui était moins inquiet qu'af-famé, s'efforça de causer avec son hôte. Celui-ci s'efforça, de son côté, de lui répondre obligeamment, et même de l'interroger sur ses affaires et ses projets ; mais cette liberté d'esprit était évidemment au dessus de ses forces. Il ne répondait jamais à propos, ou il renouvelait ses questions un instant après en avoir reçu la réponse. Il se taillait tou-jours de larges portions, et faisait remplir copieusement son assiette et son verre ; mais c'était un effet de l'habitude : il ne mangeait ni ne buvait ; et, laissant tomber sa four-

chette par terre et ses regards sur la nappe,
il succombait à un affaissement déplorable.
Consuelo l'examinait, et voyait bien qu'il n'é-
tait pas ivre. Elle se demandait si cette dé-
cadence subite était l'ouvrage du malheur,
de la maladie ou de la vieillesse. Enfin, après
deux heures de ce supplice, le baron voyant
le repas terminé, fit signe à ses gens de se
retirer ; et, après avoir longtemps cherché
dans ses poches d'un air égaré, il en sortit
une lettre ouverte, qu'il présenta à Consuelo.
Elle était de la chanoinesse, et contenait ce
qui suit :

« Nous sommes perdus ; plus d'espoir, mon
frère ! Le docteur Supperville est enfin arrivé
de Bareith ; et, après nous avoir ménagés
pendant quelques jours, il m'a déclaré qu'il
fallait mettre ordre aux affaires de la famille, parce que, dans huit jours peut-être,
Albert n'existerait plus. Christian, à qui je

n'ai pas la force de prononcer cet arrêt, se
flatte encore, mais faiblement ; car son abattement m'épouvante, et je ne sais pas si la
perte de mon neveu est le seul coup qui me
menace. Frédéric, nous sommes perdus !
survivrons-nous tous deux à de tels désastres ?
Pour moi, je n'en sais rien. Que la volonté de
Dieu soit faite ! Voilà tout ce que je puis dire ;
mais je ne sens pas en moi la force de n'y
pas succomber. Venez à nous, mon frère, et
tâchez de nous apporter du courage, s'il a pu
vous en rester après votre propre malheur,
malheur qui est aussi le nôtre, et qui met le
comble aux infortunes d'une famille qu'on dirait maudite ! Quels crimes avons-nous donc
commis pour mériter de telles expiations ?
Que Dieu me préserve de manquer de foi et
de soumission ; mais, en vérité, il y a des
instants où je me dis que c'en est trop

« Venez, mon frère, nous vous attendons,

nous avons besoin de vous ; et cependant ne
quittez pas Prague avant le 11. J'ai à vous
charger d'une étrange commission ; je crois
devenir folle en m'y prêtant ; mais je ne
comprends plus rien à notre existence, et je
me conforme aveuglément aux volontés
d'Albert. Le 11 courant, à sept heures du
soir, trouvez-vous sur le pont de Prague, au
pied de la statue. La première voiture qui
passera, vous l'arrêterez ; la première personne que vous y verrez, vous l'emmènerez
chez vous ; et si elle peut partir pour Riesenburg, le soir même. Albert sera peut-être
sauvé. Du moins il dit qu'il se rattachera à la
vie éternelle, et j'ignore ce qu'il entend par
là. Mais les révélations qu'il a eues, depuis
huit jours, des évènement les plus imprévus
pour nous tous, ont été réalisées d'une façon
si incompréhensible, qu'il ne m'est plus permis d'en douter : il a le don de prohétie ou

le sens de la vue des choses cachées. Il m'a appelé ce soir auprès de son lit, et de cette voix éteinte qu'il a maintenant, et qu'il faut deviner plus qu'on ne peut l'entendre, il m'a dit de vous transmettre les paroles que je vous ai fidèlement rapportées. Soyez donc à sept heures, le 11, au pied de la statue, et, quelle que soit la personne qui s'y trouvera en voiture, amenez-la ici en toute hâte. »

En achevant cette lettre, Consuelo, devenue aussi pâle que le baron, se leva brusquement ; puis elle retomba sur sa chaise, et resta quelques instants les bras roidis et les dents serrées. Mais elle reprit aussitôt ses forces, se leva de nouveau, et dit au baron qui était retombé dans sa stupeur : — Eh bien ! monsieur le baron, votre voiture est-elle prête? Je le suis, moi ; partons.

Le baron se leva machinalement et sortit. Il avait eu la force de songer à tout d'avance ;

la voiture était préparée, les chevaux attendaient dans la cour ; mais il n'obéissait plus
que comme un automate à la pression d'un
ressort, et, sans Consuelo, il n'aurait plus
pensé au départ.

A peine fut-il hors de la chambre, que le
Porpora saisit la lettre et la parcourut rapidement. A son tour il devint pâle, ne put articuler un mot, et se promena devant le
poêle en proie à un affreux malaise. Le
Maestro avait à se reprocher ce qui arrivait.
Il ne l'avait pas prévu, mais il se disait maintenant qu'il eût dû le prévoir : et en proie au
remords, à l'épouvante, sentant sa raison
confondue d'ailleurs par la singulière puissance de divination qui avait révélé au malade le moyen de revoir Consuelo, il croyait
faire un rêve affreux et bizarre.

Cependant, comme aucune organisation
n'était plus positive que la sienne à certains

égards, et aucune volonté plus tenace, il
pensa bientôt à la possibilité et aux suites de
cette brusque résolution que Consuelo venait
de prendre. Il s'agita beaucoup, frappa son
front avec ses mains et le plancher avec ses
talons, fit craquer toutes ses phalanges,
compta sur ses doigts, supputa, rêva, s'arma
de courage, et, bravant l'explosion, dit à
Consuelo en la secouant pour la ranimer :

—Tu veux aller là-bas, j'y consens ; mais je
te suis. Tu veux voir Albert, tu vas peut-être
lui donner le coup de grâce ; mais il n'y a
pas moyen de reculer, nous partons. Nous
pouvons disposer de deux jours. Nous devions les passer à Dresde ; nous ne nous y
reposerons point. Si nous ne sommes pas à la
frontière de Prusse le 18, nous manquons à
nos engagements. Le théâtre ouvre le 25 ; si
tu n'es pas prête, je suis condamné à payer

un dédit considérable. Je ne possède pas la
moitié de la somme nécessaire, et, en Prusse,
qui ne paye pas va en prison. Une fois en
prison, on vous oublie ; on vous laisse dix
ans, vingt ans ; vous y mourez de chagrin ou
de vieillesse, à volonté. Voilà le sort qui m'attend si tu oublies qu'il faut quitter Riesenburg le 14 à cinq heures du matin au plus
tard

— Soyez tranquille, mon maître, répondit
Consuelo avec l'énergie de la résolution ; ja-
vais déjà songé à tout cela. Ne me faites pas
souffrir à Riesenburg, voilà tout ce que je
vous demande. Nous en partirons le 14 à cinq
heures du matin.

— Il faut le jurer !

— Je le jure ! répondit-elle en haussant
les épaules d'impatience. Quand il s'agit de
votre liberté et de votre vie, je ne conçois

pas que vous ayez besoin d'un serment de
ma part.

Le baron rentra en cet instant suivi d'un
vieux domestique dévoué et intelligent, qui
l'enveloppa comme un enfant de sa pelisse
fourrée, et le traîna dans sa voiture. On
gagna rapidement Beraum et on atteignit
Pilsen au lever du jour.

13

De Pilsen à Tauss, quoiqu'on marchât aussi vite que possible, il fallut perdre beaucoup de temps dans des chemins affreux, à travers des forêts presque impraticables et assez mal fréquentées, dont le passage n'était pas sans danger de plus d'une sorte. Enfin, après avoir

fait un peu plus d'une lieue par heure, on
arriva vers minuit au château des Géants.
Jamais Consuelo ne fit de voyage plus fati-
gant et plus lugubre. Le baron de Rudolstadt semblait près de tomber en paralysie,
tant il était devenu indolent et podagre. Il
n'y avait pas un an que Consuelo l'avait vu
robuste comme un athlète; mais ce corps de
fer n'était point animé d'une forte volonté.
Il n'avait jamais obéi qu'à des instincts, et au
premier coup d'un malheur inattendu il
était brisé. La pitié qu'il inspirait à Consuelo
augmentait ses inquiétudes. Est-ce donc
ainsi que je vais retrouver tous les hôtes de
Riesenburg? pensait-elle.

Le pont était baissé, les grilles ouvertes,
les serviteurs attendaient dans la cour avec
des flambeaux. Aucun des trois voyageurs ne
songea à en faire la remarque; aucun ne
se sentit la force d'adresser une question aux

domestiques. Le Porpora, voyant que le baron se traînait avec peine, le prit par le bras pour l'aider à marcher, tandis que Consuelo s'élançait vers le perron et en franchissait rapidement les degrés.

Elle y trouva la chanoinesse, qui, sans perdre de temps à lui faire accueil, lui saisit le bras en lui disant : — Venez, le temps presse; Albert s'impatiente. Il a compté les heures et les minutes exactement; il a annoncé que vous entriez dans la cour, et une seconde après nous avons entendu le roulement de votre voiture. Il ne doutait pas de votre arrivée, mais il a dit que si quelque accident vous retardait, il ne serait plus temps. Venez, signora, et, au nom du ciel, ne résistez à aucune de ses idées, ne contrariez aucun de ses sentiments. Promettez-lui tout ce qu'il vous demandera, feignez de l'aimer. Mentez, hélas! s'il le faut. Albert est con-

damné ; il touche à sa dernière heure. Tâchez
d'adoucir son agonie ; c'est tout ce que nous
vous demandons.

En parlant ainsi ; Wenceslawa entraînait
Consuelo vers le grand salon. « Il est donc
levé ? Il ne garde donc pas la chambre ? demanda Consuelo à la hâte.

—Il ne se lève plus, car il ne se couche
plus, répondit la chanoinesse. Depuis trente
jours, il est assis sur un fauteuil, dans le salon, et il ne veut pas qu'on le dérange pour le
transporter ailleurs. Le médecin déclare
qu'il ne faut pas le contrarier à cet égard,
parce qu'on le ferait mourir en le remuant.
Signora, prenez courage ; car vous allez voir
un effrayant spectacle ! »

La chanoinesse ouvrit la porte du salon, en
ajoutant : « Courez à lui, ne craignez pas de
le surprendre. Il vous attend, il vous a vue
venir de plus de deux lieues. »

Consuelo s'élança vers son pâle fiancé, qui était effectivement assis dans un grand fauteuil, auprès de la cheminée. Ce n'était plus un homme, c'était un spectre. Sa figure, toujours belle malgré les ravages de la maladie, avait contracté l'immobilité d'un visage de marbre. Il n'y eut pas un sourire sur ses lèvres, pas un éclair de joie dans ses yeux. Le médecin, qui tenait son bras et consultait son pou's, comme dans la scène de Stratonice, le laissa retomber doucement, et regarda la chonoinesse d'un air qui signifiait : « Il est trop tard. » Consuelo était à genoux près d'Albert, qui la regardait fixement et ne disait rien. Enfin, il réussit à faire, avec le doigt, un signe à la chanoinesse, qui avait appris à deviner toutes ses intentions. Elle prit ses deux bras, qu'il n'avait plus la force de soulever, et les posa sur les épaules de Consuelo ; puis elle pencha la tête de cette

dernière sur le sein d'Albert ; et comme la
voix du moribond était entièrement éteinte,
il lui prononça ce peu de mots a l'oreille :
« Je suis heureux. » Il tint pendant deux minutes la tête de sa bien-aimée contre sa poitrine et sa bouche collée sur ses cheveux
noirs. Puis il regarda sa tante, et, par d'im-
perceptibles mouvements, il lui fit comprendre qu'il désirait qu'elle et son père don-
nassent lé même baiser à sa fiancée. « Oh !
de toute mon âme ! » dit la chanoinesse en
la pressant dans ses bras avec effusion ; puis
elle la releva pour la conduire au comte
Christian, que Consuelo n'avait pas encore
remarqué.

Assis dans un autre fauteuil vis à vis de
son fils, à l'autre angle de la cheminée, le
vieux comte semblait presque aussi affaibli
et aussi détruit, Il se levait encore pourtant
et faisait quelques pas dans le salon ; mais il

fallait chaque soir le porter à son lit, qu'il avait fait dresser dans une pièce voisine. Il tenait en cet instant la main de son frère dans une des siennes, et celle du Porpora dans l'autre. Il les quitta pour embrasser Consuelo avec ferveur à plusieurs reprises. L'aumônier du château vint à son tour la saluer pour faire plaisir à Albert. C'était un spectre aussi, malgré son embonpoint qui ne faisait qu'augmenter; mais sa pâleur était livide. La mollesse d'une vie nonchalante l'avait trop énervé pour qu'il pût supporter la douleur des autres. La chanoinesse conservait de l'énergie pour tous. Sa figure était couperosée, ses yeux brillaient d'un éclat fébrile; Albert seul paraissait calme. Il avait la sérénité d'une belle mort sur le front; sa protestation physique n'avait rien qui ressemblât à l'abrutissement des facultés

morales. Il était grave et non accablé comme
son père et son oncle.

Au milieu de toutes ces organisations ra-
vagées par la maladie ou la douleur, le calme
et la santé du médecin faisaient contraste.
Supperville était un Français autrefois attaché
à Frédéric, lorsque celui-ci n'était que prince
royal. Pressentant un des premiers le caractère despotique et ombrageux qu'il voyait
couver dans le prince, il était venu se fixer à
Bareith et s'y vouer au service de la margrave Sophie Wilhelmine de Prusse, sœur de
Frédéric. Ambitieux et jaloux, Supperville
avait toutes les qualités du courtisan; médecin assez médiocre, malgré la réputation
qu'il avait acquise dans cette petite cour, il
était homme du monde, observateur pénétrant et juge assez intelligent des causes
morales de la maladie. Il avait beaucoup
exhorté la chanoinesse à satisfaire tous les

désirs de son neveu, et il avait espéré quelque
chose du retour de celle pour qui Albert
mourait. Mais il avait beau interroger son
pouls et sa physionomie, depuis que Consuelo
était arrivée, il se répétait qu'il n'était plus
temps, et il songeait à s'en aller pour n'être
pas témoin des scènes de désespoir qu'il n'é-
tait plus en son pouvoir de conjurer.

Il résolut pourtant de se mêler aux affaires positives de la famille, pour satisfaire, soit
quelque prévision intéressée, soit son goût
naturel pour l'intrigue ; et, voyant que, dans
cette famille consternée, personne ne songeait à mettre les moments à profit, il attira
Consuelo dans l'embrasure d'une fenêtre
pour lui parler tout bas, en français, ainsi
qu'il suit : « Mademoiselle, un médecin est
un confesseur. J'ai donc appris bien vite ici
le secret de la passion qui conduit ce jeune
homme au tombeau. Comme médecin, ha-

bitué à approfondir les choses et à ne pas croire facilement aux perturbations des lois du monde physique, je vous déclare que je ne puis croire aux étranges visions et aux révélations extatiques du jeune comte. En ce qui vous concerne, du moins, je trouve fort simple de les attribuer à de secrètes communications qu'il a eues avec vous touchant votre voyage à Prague et votre prochaine arrivée ici. » Et comme Consuelo faisait un geste négatif, il poursuivit : « Je ne vous interroge pas, Mademoiselle, et mes suppositions n'ont rien qui doive vous offenser. Vous devez bien plutôt m'accorder votre confiance, et me regarder comme entièrement dévoué à vos Intérêts. »

— Je ne vous comprends pas, Monsieur, répondit Consuelo avec une candeur qui ne convainquit point le médecin de cour.

— Vous allez me comprendre, Mademoi-

selle, reprit-il avec sang-froid. Les parents
du jeune comte se sont opposés à votre mariage avec lui, de toutes leurs forces jusqu'à
ce jour. Mais enfin, leur résistance est à
bout. Albert va mourir, et sa volonté étant
de vous laisser sa fortune, ils ne s'oppose-
ront point à ce qu'une cérémonie religieuse
vous l'assure à tout jamais.

— Eh! que m'importe la fortune d'Albert?
dit Consuelo stupéfaite; qu'a cela de commun avec l'état où je le trouve? Je ne viens
pas ici pour m'occuper d'affaires, Monsieur;
je viens essayer de le sauver. Ne puis-je donc
en conserver aucune espérance?

— Aucune! Cette maladie, toute mentale,
est de celles qui déjouent tous nos plans et
résistent à tous les efforts de la science. Il y
a un mois que le jeune comte, après une
disparition de quinze jours, que personne ici
n'a pu m'expliquer, est rentré dans sa famille

atteint d'un mal subit et incurable. Toutes les
fonctions de la vie étaient déjà suspendues.
Depuis trente jours, il n'a pu avaler aucune
espèce d'aliments, et c'est un de ces phéno-
mènes dont l'organisation exceptionnelle des
aliénés offre seule des exemples ; de voir
qu'il ait pu se soutenir jusqu'ici avec quelques gouttes d'eau par jour et quelques minutes de sommeil par nuit. Vous le voyez,
toutes les forces vitales sont épuisées en lui.
Encore deux jours, tout au plus, et il aura
cessé de souffrir. Armez-vous donc de courage : ne perdez pas la tête. Je suis là pour
vous seconder et pour frapper les grands
coups. »

Consuelo regardait toujours le docteur avec
étonnement, lorsque la chanoinesse, avertie
par un signe du malade, vint interrompre
ce dernier pour l'amener auprès d'Albert.

Albert, l'ayant fait approcher, lui parla

dans l'oreille plus longtemps que son état de
faiblesse ne semblait pouvoir le permettre.
Supperville rougit et pâlit ; la chanoinesse,
qui les observait avec anxiété, brûlait d'apprendre quel désir Albert lui exprimait.

— Docteur, disait Albert, tout ce que vous
venez de dire à cette jeune fille, je l'ai entendu. Supperville, qui avait parlé au bout
du grand salon, aussi bas que son malade
lui parlait en cet instant, se troubla, et ses
idées positives sur l'impossibilité des facultés
extatiques furent tellement bouleversées
qu'il crut devenir fou. — Docteur, continua
le moribond, vous ne comprenez rien à cette
âme-là, et vous nuisez à mon dessein en
alarmant sa délicatesse. Elle n'entend rien à
vos idées sur l'argent. Elle n'a jamais voulu
de mon titre ni de ma fortune ; elle n'avait
pas d'amour pour moi. Elle ne cédera qu'à
la pitié. Parlez à son cœur. Je suis plus près

de ma fin que vous ne croyez. Ne perdez pas
de temps. Je ne puis pas revivre heureux si
je n'emporte dans la nuit du repos le titre de
son époux.

— Mais qu'entendez-vous par ces dernières paroles? dit Supperville, occupé en cet
instant à analyser la folie de son malade.

— Vous ne pouvez pas les comprendre, reprit Albert avec effort, mais elle les compren-
dra. Bornez-vous à les lui redire fidèlement.

— Tenez, monsieur le comte, dit Supperville en élevant un peu la voix, je vois que je
ne puis être un interprète lucide de vos pensées; vous avez la force de parler maintenant
plus que vous ne l'avez fait depuis huit
jours, et j'en conçois un favorable augure.
Parlez-vous-même à Mademoiselle; un mot
de vous la convaincra mieux que tous mes
discours. La voici près de vous; qu'elle
prenne ma place, et vous entende.

Supperville ne comprenant plus rien, en effet, à ce qu'il avait cru comprendre, et pensant d'ailleurs qu'il en avait dit assez à Consuelo pour s'assurer de sa reconnaissance au cas où elle viserait à la fortune, se retira après qu'Albert lui eut dit encore : « Songez à ce que vous m'avez promis ; le moment est venu : parlez à mes parents. Faites qu'ils consentent et qu'ils n'hésitent pas. Je vous dis que le temps presse. » Albert était si fatigué de l'effort qu'il venait de faire qu'il appuya son front sur celui de Consuelo lorsqu'elle s'approcha de lui, et s'y reposa quelques instants comme près d'expirer. Ses lèvres blanches devinrent bleuâtres, et le Porpora, effrayé, crut qu'il venait de rendre le dernier soupir. Pendant ce temps, Supperville avait réuni le comte Chistian, le baron, la chanoinesse et le chapelain à l'autre bout de la cheminée, et il leur parlait avec

feu. Le chapelain fit seul une objection timide en apparence, mais qui résumait toute
la persistance du prêtre. — Si vos seigneu-
ries l'exigent, dit-il, je prêterai mon ministère
à ce mariage ; mais le comte Albert n'étant
pas en état de grâce, il faudrait première-
ment que, par la confession et l'extrême-
onction, il fît sa paix avec l'église.

— L'extrême-onction ! dit la chanoinesse
avec un gémissement étouffé : en sommes-
nous là grand Dieu ?

— Nous en sommes là, en effet, répondit
Supperville qui, homme du monde et philosophe voltairien, détestait la figure et les
objections de l'aumônier : oui, nous en sommes là sans rémission, si monsieur le chapelain insiste sur ce point, et s'obstine à
tourmenter le malade par l'appareil sinistre
de la dernière cérémonie.

— Et croyez-vous, dit le comte Christian,

partagé entre sa dévotion et sa tendresse
paternelle, que l'appareil d'une cérémonie
plus riante, plus conforme aux vœux de son
esprit, puisse lui rendre la vie?

— Je ne réponds de rien, reprit Supperville,
mais j'ose dire que j'en espère beaucoup.
Votre seigneurie avait consenti à ce mariage
en d'autres temps...

— J'y ai toujours consenti, je ne m'y suis
jamais opposé, dit le comte en élevant la
voix à dessein; c'est maître Porpora, tuteur
de cette jeune fille, qui m'a écrit de sa part
qu'il n'y consentirait point, et qu'elle-même
y avait déjà renoncé. Hélas! ç'a été le coup
de la mort pour mon fils! ajouta-t-il en baissa n la voix.

— Vous entendez ce que dit mon père?
murmura Albert à l'oreille de Consuelo;
mais n'ayez point de remords. J'ai cru à
votre abandon, et je me suis laissé frapper

par le désespoir ; mais depuis huit jours j'ai
recouvré ma raison, qu'ils appellent ma folie;
j'ai lu dans les cœurs éloignés comme les
autres lisent dans les lettres ouvertes. J'ai
vu à la fois le passé, le présent et l'avenir.
J'ai su enfin que tu avais été fidèle à ton serment, Consuelo ; que tu avais fait ton possible pour m'aimer ; que tu m'avais aimé véritablement durant quelques heures. Mais on
nous a trompés tous deux. Pardonne à ton
maître comme je lui pardonne !

Consuelo regarda le Porpora qui ne pouvait entendre les paroles d'Albert, mais qui,
à celles du comte Christian, s'était troublé et
marchait le long de la cheminée avec agitation. Elle le regarda d'un air de solennel
reproche, et le Maestro la comprit si bien
qu'il se frappa la tête du poing avec une
muette véhémence. Albert fit signe à Consuelo de l'attirer près de lui, et de l'aider

lui-même à lui tendre la main. Le Porpora
porta cette main glacée à ses lèvres et fondit
en larmes. Sa conscience lui murmurait le
reproche d'homicide ; mais son repentir l'ab-
solvait de son imprudence.

Albert fit encore signe qu'il voulait écouter ce que ses parents répondaient à Supperville, et il l'entendit, quoiqu'ils parlassent si
bas que le Porpora et Consuelo, agenouillés
près de lui, ne pouvaient en saisir un mot.

Le chapelain se débattait contre l'ironie
amère du médecin ; la chanoinesse cherchait
par un mélange de superstition et de tolé-
rance, de charité chrétienne et d'amour maternel, à concilier des idées inconciliables
dans la doctrine catholique. Le débat ne
roulait que sur une question de forme ; à
savoir que le chapelain ne croyait pas devoir
administrer le sacrement du mariage à un
hérétique, à moins qu'il ne promît tout au

moins de faire acte de foi catholique aussitôt
après. Supperville ne se génait pas pour
mentir et pour affirmer que le comte Albert
lui avait promis de croire et de professer
tout ce qu'on voudrait après la cérémonie. Le
chapelain n'en était pas dupe. Enfin, le comte
Christian, retrouvant un de ces moments de
fermeté tranquille et de logique simple et
humaine avec lesquelles, après bien des irré-
solutions et des faiblesses, il avait toujours
tranché toutes les contestations domestiques,
termina le différent.

« Monsieur le chapelain, dit-il, il n'y a
point de loi ecclesiastique qui vous défende
expressément de marier une catholique à
un schismatique. L'Église tolère ces maria-
ges. Prenez donc Consuelo pour orthodoxe et
mon fils pour hérétique, et mariez-les sur
l'heure. La confession et les fiançailles ne
sont que de précepte, vous le savez, et cer-

tains cas d'urgence peuvent en dispenser. Il
peut résulter de ce mariage une révolution
favorable dans l'état d'Albert, et quand il
sera guéri nous songerons à le convertir. »

Le chapelain n'avait jamais résisté à la
volonté du vieux Christian ; c'était pour lui,
dans les cas de conscience, un arbitre supérieur au pape. Il ne restait plus qu'à convaincre Consuelo. Albert seul y songea, et
l'attirant près de lui, il réussit, sans le secours de personne, à enlacer de ses bras
desséchés, devenus légers comme des ro-
seaux, le cou de sa bien-aimée.

— Consuelo, lui dit-il, je lis dans ton âme,
à cette heure ; tu voudrais donner ta vie
pour ranimer la mienne : cela n'est plus possible ; mais tu peux, par un simple acte de
ta volonté, sauver ma vie éternelle. Je vais
te quitter pour un peu de temps, et puis je
reviendrai sur la terre, par la mainfestation

d'une nouvelle naissance. J'y reviendrai
maudit et désespéré, si tu m'abandonnes
maintenant, à ma dernière heure. Tu sais,
les crimes de Jean Ziska ne sont point assez
expiés ; et toi seule, toi ma sœur Wanda,
peux accomplir l'acte de ma purification en
cette phase de ma vie. Nous sommes frères :
pour devenir amants, il faut que la mort
passe encore une fois entre. Mais nous devons être époux par le serment, pour que je
renaisse calme, fort et délivré, comme les
autres hommes, de la mémoire de mes exis-
tences passées, qui fait mon supplice et mon
châtiment depuis tant de siècles. Consens à
prononcer ce serment ; il ne te liera pas à
moi en cette vie, que je vais quitter dans une
heure, mais il nous réunira dans l'éternité.
Ce sera un sceau qui nous aidera à nous reconnaître, quand les ombres de la mort
auront effacé la clarté de nos souvenirs.

Consens ! C'est une cérémonie catholique qui va s'accomplir, et que j'accepte, puisque c'est la seule qui puisse légitimer, dans l'esprit des hommes, la possession que nous prenons l'un de l'autre. Il me faut emporter cette sanction dans la tombe. Le mariage sans l'assentiment de la famille n'est point un mariage complet à mes yeux. La forme du serment m'importe peu d'ailleurs. Le nôtre sera indissoluble dans nos cœurs, comme il est sacré dans nos intentions. Consens !

— Je consens ! s'écria Consuelo en pressant de ses lèvres le front morne et froid de son époux.

Cette parole fut entendue de tous. Eh bien ! dit Supperville, hâtons-nous ! et il poussa résolûment le chanoine, qui appela les domestiques et se pressa de tout préparer pour la cérémonie. Le comte, un peu ranimé vint s'asseoir à côté de son fils et de Consuelo.

La bonne chanoinesse vint remercier cette
dernière de sa condescendance, au point de se
mettre à genoux devant elle et de lui baiser
les mains. Le baron Frédéric pleurait silen-
cieusement sans paraître comprendre ce qui
se passait. En un clin-d'œil. un autel fut
dressé devant la cheminée du grand salon.
Les domestiques furent congédiés ; ils cru-
rent qu'il s'agissait seulement d'extrême-onction, et que l'état du malade exigeait qu'il y
eût peu de bruit et de miasmes dans l'appartement. Le Porpora servit de témoin avec
Supperville. Albert retrouva tout à coup
assez de force pour prononcer le *oui* décisif
et toutes les formules de l'engagement d'une
voix claire et sonore. La famille conçut une
vive espérance de guérison. A peine le chapelain eut-il récité sur la tête des nouveaux
époux la dernière prière, qu'Albert se leva,
s'élança dans les bras de son père, embrassa

de même avec une précipitation et une force
extraordinaire sa tante, son oncle et le Porpora ; puis il se rassit sur son fauteuil ; et
pressa Consuelo contre sa poitrine, en s'é-
criant : « Je suis sauvé ! »

— C'est le dernier effort de la vie, c'est
une convulsion finale, dit au Porpora Supperville, qui avait encore consulté plusieurs
fois les traits et l'artère du malade, pendant
la célébration du mariage. En effet, les bras
d'Albert s'entr'ouvrirent , se jetèrent en
avant, et retombèrent sur ses genoux. Le
vieux Cynabre, qui n'avait pas cessé de dor-
mir à ses pieds durant touté sa maladie,
releva la tête et fit entendre par trois fois un
hurlement lamentable. Le regard d'Albert
était fixé sur Consuelo ; sa bouche restait entr'ouverte comme pour lui parler ; une légère coloration avait animé ses joues : puis
cette teinte particulière, cette ombre indé-

finissable, indescriptible, qui passe lentement du front aux lèvres, s'étendit sur lui
comme un voile blanc. Pendant une minute,
sa face prit diverses expressions, toujours
plus sérieuses de recueillement et de résignation, jusqu'à ce qu'elle se raffermît dans
une expression définitive de calme auguste
et de sévère placidité.

Le silence de terreur qui planait sur la
famille attentive et palpitante fut interrompu
par la voix du médecin, qui prononça avec
sa lugubre solennité ce mot sans appel :
« C'est la mort! »

FIN DU SEPTIÈME VOLUME.

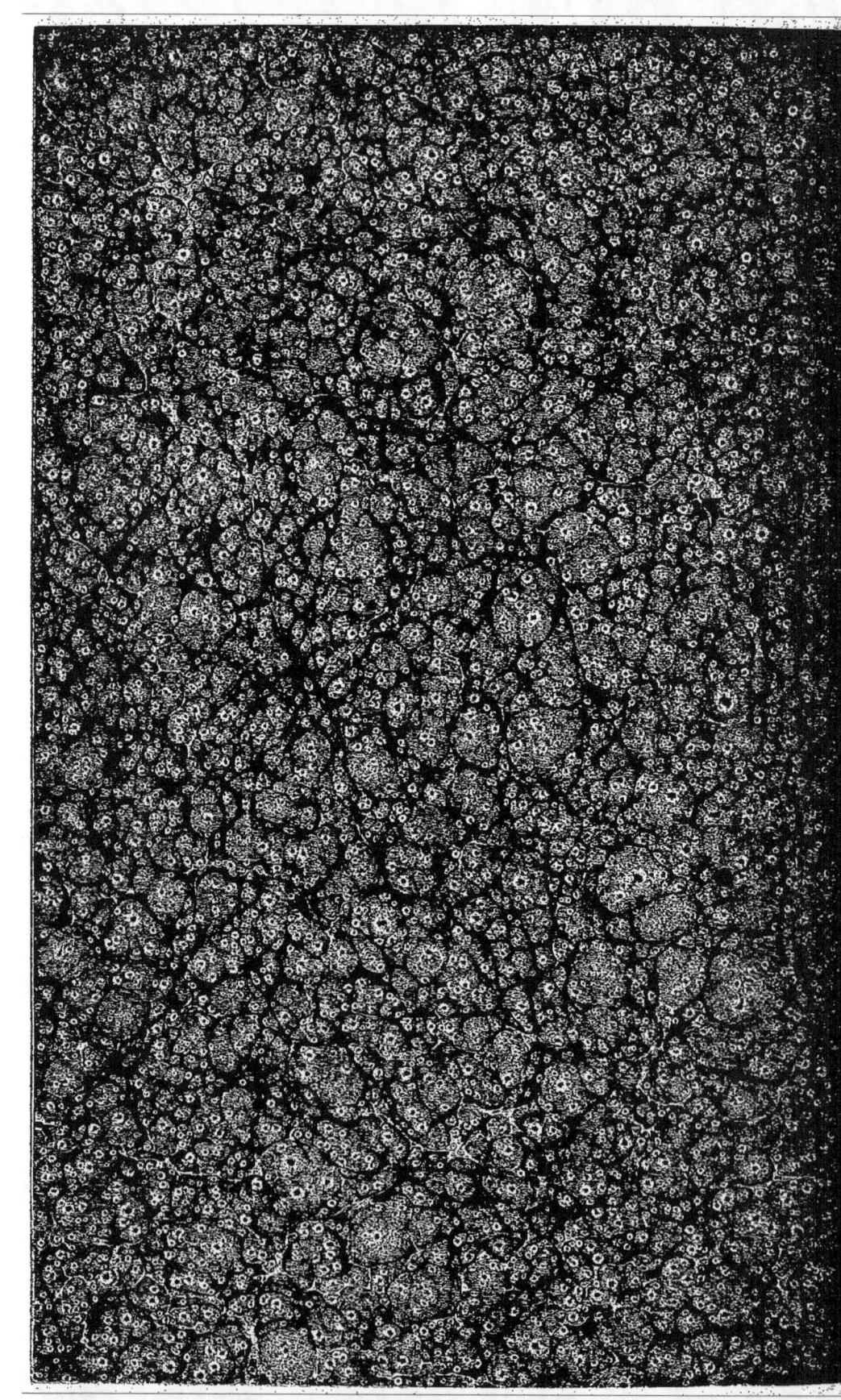

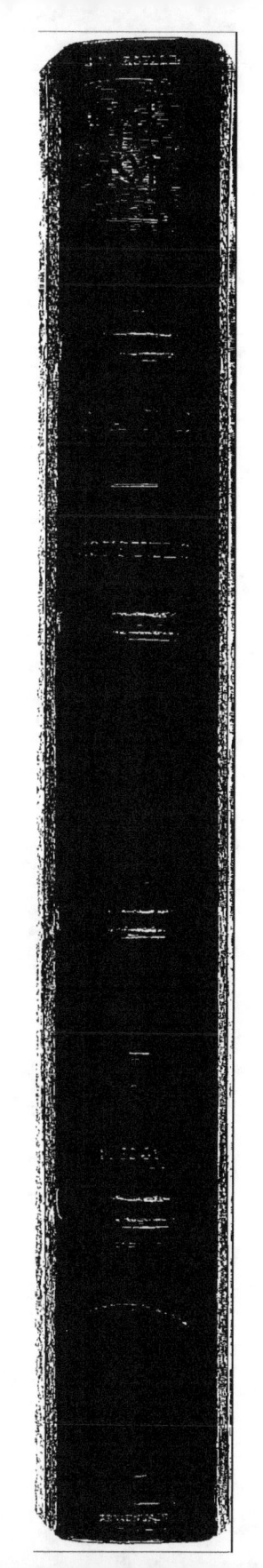